Emma-Jean Lazarus fell out of a tree

엠마 진 나무에서 떨어지다

초판 1쇄 발행 · 2009년 9월 15일
초판 2쇄 발행 · 2011년 4월 1일

지은이 · 로렌 타시스
옮긴이 · 윤미성

펴낸곳 · 도서출판 개암나무㈜
펴낸이 · 김보경
주   간 · 김지연
편   집 · 김수현 김수희

출판 등록 · 2006. 6. 16. 제22-2944호

주   소 · 서울시 서초구 서초동 1599-2 LG서초에클라트 531호 (우)137-070
전   화 · (02)6254-0601 6207-0603
팩   스 · (02)6254-0602
E-mail · gaeam@gaeamnamu.co.kr
개암나무 카페 · http://cafe.naver.com/gaeam

책값은 뒤표지에 표시되어 있습니다.
ISBN 978-89-92844-30-7 43840

엠마 진 나무에서 떨어지다

로렌 타시스 지음 ♠ 윤미성 옮김

개암나무

1

엠마 진 래저러스는 윌리엄 글래드스턴 중학교에 다니는 7학년 여학생 가운데 울보가 많다는 사실을 잘 알고 있었다. 그들은 수학 시험에서 65점을 받거나 실수로 식당 쓰레기통에 물병을 떨어뜨리면 울었다. 미술 시간에 빚은 찰흙 찻잔이 가마에서 폭발하거나 체육 시간에 달리기 완주를 하지 못해도 울었다. 과학 시간에 양의 눈을 해부할 거라고 페트로스키 선생님이 말했을 때는 두 명이나 울었다.

물론 엠마 진도 잔인하고 비위생적인 해부 수업에 참여할 생각은 전혀 없었다. 그렇다고 우는 것이 7학년 과학 교과 과정에 대한 자신의 반대 의견을 표현하는 논리적인 방법은 아니라고 생각했다. 그래서 엠마 진은 양의 눈 해부 수업에 대한 반대 의견을 조목조목 적어 페트로스키 선생님에게 제출했고, 그 결과 선생님은 엠마 진을 해부 수업에서 빼 주었다.

콜린 파머란츠는 그런 울보는 아니었다. 그래서 추운 2월 오후에 여학생 화장실 세면대에 기대어 울고 있는 콜린을 보았을 때 엠마 진은 깜짝 놀랐다.

처음에 엠마 진은 콜린이 다친 줄 알았다. 학교의 복도는 바쁘게 움직이는 아이들로 늘 왁자지껄했다. 앞에 가던 아이가 무심결에 가방으로 콜린의 머리를 쳤거나, 어수선한 남자아이가 휘두르는 팔꿈치에 눈을 찔렸을지도 모른다.

엠마 진은 필요하다면 응급 처치를 해야겠다고 생각하며, 콜린에게 다가가 물었다.

"어디 다쳤니?"

"어머, 아냐! 난 괜찮아."

콜린이 고개를 저으며 큰 소리로 말했다. 그리고 몸을 똑바로 펴고 어색하게 웃었다.

엠마 진은 주근깨 많은 콜린의 얼굴을 가만히 들여다보았다. 피가 나지도, 멍이 들지도, 부풀어 오르지도 않았다. 눈동자도 정상으로 보였다. 그렇지만 콜린은 괜찮지 않았다. 엠마 진은 사람들을 이해하기 위해 늘 자세히 관찰하기 때문에, 정말 괜찮은 사람들은 눈이 충혈되거나 볼이 눈물로 젖어 있지 않음을 알고 있었다.

"넌 괜찮아 보이지 않아."

엠마 진의 말에 콜린의 힘없는 미소가 치아 교정기 밑으로 무너져 내렸다.

콜린이 작은 목소리로 말했다.

"네 말이 맞아. 사실 난 괜찮지 않아. 문제가 있어, 정말 나쁜 문제가. 내 친구 중 어떤 아이와……."

콜린은 고개를 절레절레 저으며 힘겹게 말을 이었다.

"어떤 사람들은…… 착하지 않아."

엠마 진도 안다. 학교에도 가끔씩 못되게 구는 아이들이 있다. 상처 입은 감정, 멍든 자존심, 깨진 약속, 배반당한 의리……. 아이들이 서로에게 준 마음의 상처를 나열하자면 실망스러울 정도로 많았다.

물론 엠마 진은 아이들을 좋아했다. 솔직히 자기와 함께 학교생활을 하는 103명의 남자아이와 98명의 여자아이보다 더 나은 또래 집단을 찾을 수 있을 것 같지 않았다. 하지만 그들의 행동은 때로 합리적이지 않았고, 그로 인해 그들의 인생은 무척이나 어수선했다. 엠마 진은 무질서를 아주 싫어했다. 그래서 언제부터인가 아이들한테서 한 발짝 물러서서 그들을 관찰하곤 했다.

거울에 비친 자기 모습을 보며 콜린이 깜짝 놀라 외쳤다.

"어머, 세상에! 내 얼굴 좀 봐. 꼭 괴물 같네!"

엠마 진도 몸을 앞으로 기울여 거울 속 콜린의 얼굴을 살펴보았다. 엠마 진의 눈에는 콜린이 괴물처럼 보이지 않았다. 다만 눈이 약간 빨갛고 부풀어 오른 게 고민이 있는 사람처럼 보이기는 했다.

엠마 진은 디스펜서(휴지나 종이컵 등을 빼 쓰게 되어 있는 장치—옮긴이) 앞으로 가서 갈색 종이 한 장을 뽑았다. 그리고 종이를 물에 적셔 직사각형으로 반듯하게 접어서 콜린에게 내밀었다.

"눈이 충혈되고 많이 부었어. 이걸 눈에 대 봐. 가라앉을 거야."

엠마 진의 엄마는 항상 이 방법을 썼는데 효과가 좋았다. 엄마는 해마다 7월 2일이 되면 몇 시간씩 울었다. 그리고 해마다 11월 3일이 되면 또 몇 시간을 울었다.

7월 2일은 엠마 진의 아빠 유진 래저러스의 생일이고, 11월 3일은 아빠가 세상을 떠난 날이다. 아빠는 2년 3개월 전, 고속도로에서 자동차 사고로 세상을 떠났다. 프랑스의 전설적인 수학자 앙리 푸앵카레에 관한 논문으로 수학 학회 모임에서 상을 받고, 그 상을 앙리 푸앵카레에게 바치는 연설을 한 뒤 집으로 돌아오는 길에 당한 사고였다.

콜린은 엠마 진이 내미는 젖은 종이를 받아 두 눈에 대고 눌렀다. 콜린의 마음을 진정시키기 위해, 엠마 진은 바지 앞에 두 손을 모은 채 가만히 서 있었다. 오른쪽 세면대로 똑똑 떨어지는 물소리만 빼면 화장실 안은 아주 조용했다.

"모두 로라의 잘못이야, 로라 길로이."

콜린이 나직이 말했다.

엠마 진은 고개를 끄덕였다.

엠마 진도 로라 길로이가 나대는 모습을 자주 보았다. 로라는 잘난 척하고, 떠벌리며, 사물함을 소리 나게 닫는 여자아이였다. 쉬는 시간에 로라는 콜린을 포함한 여자아이 한 무리를 이끌고 춤을 추곤 했다. 그러다 누가 넘어지거나 동작을 조금 틀리기라도 하면 로라는 그 아이를 얼간이 혹은 바보라 부르며 비웃었다. 콜린도 발동작을 틀리거나 돌기를 자주 빼먹고 가끔 넘어졌다. 춤을 추다 지겨워지면 로라는 윌 킬러와 그의 친구들이 경기를 하는 농구장으로 달려가 농구공을 낚아채 달려가며 "나 잡아 봐라!"라고 소리 지르곤 했다.

로라가 콜린을 울렸다는 사실은 엠마 진에게 전혀 놀라운 일이 아니었다.

젖은 종이를 두 눈에 대고 꾹 누르며 콜린이 말했다.

"로라가 나에게서 케이틀린을 빼앗으려 해. 케이틀린은 내 단짝이거든. 너도 알고 있니?"

케이틀린이라면, 케이틀린 보겔을 말하는 것이었다. 당연히 엠마 신도 아는 아이었다. 엠마 진은 7학년 아이들을 모두 알고 있었다.

"나는 해마다 2월 마지막 주말에 케이틀린 가족과 함께 버몬트로 스키를 타러 가. 그런데 올해는 로라가 자기가 가야겠다고 마음을 먹었나 봐. 나 대신 말이야. 그리고 로라가 너무…… 집요하게 구니까 케이틀린도 어쩔 수 없이 나 대신 로라를 초대하고 말았어."

화장실 문은 닫혀 있고 실내도 따뜻했지만 콜린은 바르르 몸을 떨었다.

"하지만 스키 타는 걸 좋아하는 사람은 나야! 케이틀린이랑 가장 친한 친구도 나고! 케이틀린이 진심으로 함께 여행을 가고 싶어 하는 사람은 로라가 아니라 바로 나라고!"

"당연하지."

콜린이 젖은 종이를 눈에서 떼고 호기심 어린 눈으로 엠마 진을 쳐다보며 물었다.

"너도 그렇게 생각해?"

"물론이지. 케이틀린은 항상 너를 위해 식당 의자 하나를 따로 빼 놓고, 네가 좀 늦게 오는 날에는 다른 아이들이 거기 앉지 못하도록 하잖아."

"맞아. 케이틀린은 오늘도 그랬어."

"케이틀린은 너를 아주 좋아해. 그건 나도 잘 알아."

콜린은 젖은 종이를 쓰레기통에 버리고, 숨을 깊이 들이마셨다가 뱉었다. 콜린에게서 진한 풍선껌 냄새가 풍겼다.

"고마워. 그렇게 말해 주다니, 넌 정말 친절하구나."

입가에 떨리는 미소를 지으며 콜린이 말했다.

마지막 수업 시작을 알리는 벨이 울렸다. 엠마 진은 바닥에 놓여 있는 콜린의 가방을 들어 올렸다. 콜린의 사물함에 있는 다른 물건들처럼 가방도 밝은 핑크색이었다. 엠마 진은 가방을 콜린에게 건네고 자기 가방을 들었다. 아빠가 쓰던 가죽 가방이었다. 군데군데 낡았지만, 엠마 진이 꼼꼼하게 기록하는 여러 권의 공책과 스케치북, 가장 좋아하는 펜과 샤프 두 개, 그리고 보온 도시락이 충분히 들어갈 만큼 공간이 넉넉한 가방이었다.

"아, 못 걷겠어. 걷질 못하겠어. 엠마 진, 나 좀 도와줘."

갑자기 콜린이 엠마 진의 손을 잡으며 말했다.

콜린의 따뜻한 손과 도와 달라는 뜻밖의 말에 엠마 진은 몸이 굳었다.

그런데 콜린이 엠마 진의 손을 놓더니 다시 세면대로 달려가 엉엉 울기 시작했다. 엠마 진은 예상하지 못한 상황 앞에서 어찌해야 할지 몰라 당황했다. 그래서 그냥 평소처럼, 7학년 아이들의 어수선한 삶에 관여하지 않고 거리를 두는 태도를 보이기로 했다.

하지만 지금까지 엠마 진에게 도와 달라는 말을 한 사람은 아무도 없었다. 엠마 진은 아빠의 영웅 앙리 푸앵카레를 떠올렸다. 그 전설적인 프랑스 수학자는 세상에 존재하는 가장 복잡한 문제도 창의적인 사고 과정을 통해 얼마든지 풀 수 있다고 믿었다. 앙리 푸앵카레의 연구 주제는 7학년 여학생들의 인간관계가 아니라 무질서 이론과 천문 공학이었지만, 만약 콜린처럼 다정하고 명랑한 아이가 도움을 청했다면 그는 어떻게 했을까? 엠마 진은 앙리 푸앵카레가 기꺼이 그 부탁을 받아들이고 문제를 풀기 위해 도전했을 거라 생각했다.

콜린에게 한 걸음 다가가는데, 낯선 에너지가 엠마 진에게 전해지며 전율이 느껴졌다. 마치 그동안 엠마 진과 아이들을 갈라놓고 있던 투명한 문을 뚫고 걸어가는 느낌이었다. 그리고 놀랍게도 그 문은 활짝 열려 있었다.

2

콜린의 머릿속에서 알람이 울렸다. 모든 것이 완벽하던, 괜찮던, 적어도 나쁘지는 않았던 오늘 아침 6시 30분에 콜린을 깨운 헬로 키티 알람 소리보다 더 큰 소리였다.

'아, 세상에! 콜린! 정신 차려! 이렇게 화장실에서 울고 있으면 아이들이 알게 될 거야. 모두 널 미쳤다고 생각할 거야!'

콜린은 세면대를 꽉 붙잡고 다리에 힘을 주고 섰다. 마음을 안정시키기 위해 숨을 깊이 들이마셨다. 하지만 조금도 나아지지 않았다. 1분 전만 해도 콜린은 곧 냉정을 되찾고 밖으로 나가 아무 일도 없었다는 듯 세상을 정면으로 바라볼 수 있으리라 생각했다.

하지만 지금은…….

아, 세상에!

콜린은 아팠다.

쓰러질 것만 같았다! 아니면 토하거나!

여기, 여자 화장실에서!

복도를 걸어가면 아이들이 비웃을 것이다. 식당에서 칠면조와 저지방 치즈가 들어간 샌드위치를 먹고 있으면 아이들이 쳐다보며 속닥거릴 것이다. '미친 콜린', 아니 '토하는 미친 콜린'처럼 끔찍한 별명을 지어 부르며 놀릴 게 틀림없다. 콜린은 심술궂은 별명을 잘 짓지 못했지만 어떤 아이들은 이런 일에 귀신같았다.

그런데 콜린의 머릿속에서 소리가 들려왔다.

'엠마 진은 아무에게도 말하지 않을 거야.'

정말 그럴 것 같았다.

오늘 콜린이 화장실에서 좌절한 사건에 대해 재잘거리며 돌아다니지 않을 사람이 있다면, 그건 아마도 학교 전체에서 엠마 진 한 사람뿐일 것 같았다.

콜린은 엠마 진을 바라보았다. 엠마 진은 조금도 이상해 보이지 않았다. 오히려 친절하고 현명해 보였다. 콜린이 다니는 성당 앞에 서 있는 성모상과 닮은 것 같기도 했다.

콜린은 어째서 이제껏 엠마 진이 예쁘다는 사실을 알아차리지 못했을까? 탄력 있고 긴 엠마 진의 갈색 머리카락은 윤기가 흘렀고 몸매도 콜린보다 날씬했다. 피부도 아주 고왔고, 눈은 케이틀린의 고양이처럼 밝고 푸른 눈동자에 작고 파란 빛들이 반짝거려 예뻤다.

콜린은 청소년 잡지 《틴 뷰티》를 매달 빠뜨리지 않고 열심히 읽는데, 이제 보니 엠마 진이야말로 《틴 뷰티》 기자들이 길거리에서 지나가는 아이들을 골라 몰라보게 변신시키는 '미인 추적' 섹션에 딱 어울리는 아이였다. 지금은 세련된 스타일은 아니지만 가능성이 충분했다.

콜린은 엠마 진에게 이 사실을 알려 주고 싶었지만, 엠마 진은 화장이나 치장하고는 너무나 거리가 멀었다.

엠마 진에게는 약간 이상한 점이 있었다. 콜린은 그 정체가 뭔지 궁금했지만, 도무지 감을 잡을 수가 없었다. 그렇다고 완전히 무시할 수도 없는 알쏭달쏭한 무엇이었다. 지금 자기를 쳐다보고 있는 엠마 진의 모습처럼, 평소의 특이한 말투처럼, 엠마 진은 어딘지 모르게 독특했다. 그래서 어떤 아이들은 엠마 진의 등 뒤에서 낄낄 웃으며 수군거리기도 했다.

물론 콜린은 한 번도 그렇게 못되게 굴지 않았다. 어떤 아이가 아무리 특이한 행동을 해도 콜린은 비웃지 않았다.

콜린은 7학년 아이들 중에서 가장 예쁜 아이도, 가장 똑똑한 아이도 아니었다. 뛰어난 화가도, 탁월한 바이올린 연주자도, 눈에 띄는 멋쟁이도 아니었다. 하지만 콜린은 착했다. 정말, 정말, 정말, 정말 착했다. 이런 사실을 콜린이 자기 입으로 뽐내지는 않지만, 어쩌면 콜린은 7학년 아이들 중에서 제일 착한 아이일지도 모른다. 이제 겨우 7학년이지만, 콜린은 착하게 사는 게 인생에서 중요하다는 걸 희미하게나마 느끼고 있었다.

콜린이 엠마 진을 보고 감탄하는 이유는 엠마 진이 모든 과목에서 100점만 맞는 수재라서가 아니었다. 콜린이 엠마 진을 보며 놀라고 부러워하는 진짜 이유는, 엠마 진은 다른 사람이 자기를 어떻게 생각하는지에 대해 전혀 신경 쓰지 않는 것처럼 보이기 때문이었다. 콜린에게는 엠마 진의 이러한 무관심이 거의 초능력처럼 여겨졌다.

만약 딱 하나의 초능력을 쓸 수 있다면, 콜린은 하늘을 날거나, 벽을 뚫고 볼 수 있거나, 손가락 하나로 자동차를 들어 올리는 능력 따위를 바라지 않을 것이다. 콜린이 가장 소망하는 것은 다른 사람의 시선에 신경 쓰지 않는 힘이었다.

'그래서 사람들이 나를…… 지존 무관심 소녀라 부르면 얼마나 좋을까. 누가 나 때문에 화난 건 아닌지 따위에 신경 쓰지 않고, 내가 한 농담이 별로 안 웃겨도 염려하지 않고 단 하루를 아니, 단 한 시간만이라도 보낼 수 있다면, 그럴 수 있다면, 아, 얼마나 좋을까!'

콜린이 엠마 진과 조금이라도 비슷해질 수 있다면, 네일 메스너의 성년식에 초대받지 못했다고 사흘 내내 우는 짓 따위를 하지 않을 수만 있다면…….

네일의 성년식에는 당연히 엠마 진도 초대받지 못했다. 초대받은 아이들 명단을 케이틀린이 갖고 있어서 콜린은 안다. 하지만 그렇다고 엠마 진이 콜린처럼 매일 조바심을 내며 집으로 달려가 파란색과 은색으로 장식된 초대장이 담긴 봉투가 우편함에 들어 있기를 간절히 바라지는 않았을 것이다.

콜린이 알기로, 엠마 진이 초대를 받은 파티는 5학년 때 자기 집에서 연 핼러윈 파티가 처음이자 마지막이었다. 어떤 아이들은 파티에 친한 친구 몇 명만 초대하지만, 콜린은 자기 반 아이를 모두 초대했다. 콜린은 쉬는 시간에 혼자 나무를 쳐다본다거나 늘 조금 이상하게 군다고 해서 그 아이를 초대에서 쏙 빼는 성격이 아니었다.

핼러윈 파티에 엠마 진은 세계적인 이론 물리학자 알베르트 아인슈타인처럼 꾸미고 나타났다. 덥수룩한 회색 가발을 쓰고, 두꺼운 안경을 끼고, E+2=5 같은 수학 공식이 쓰인 티셔츠를 입고.

콜린은 엠마 진의 아빠도 함께 파티에 온 것을 기억했다. 어떻게 그 일을 잊을 수 있겠는가.

엠마 진의 아빠는 아이들을 파티 장에 데려다 주고 손을 흔들며 바로 가 버리는 보통의 부모님과는 달랐다. 그분은 콜린의 집 안으로 들어와 아이들과 함께 파티를 즐겼다. 그리고 엠마 진과 나란히 서서 사과를 베어 먹다가 콜린이 '괴물 밟기'라는 노래를 틀자 엠마 진의 손을 잡고 춤을 추었다. 아빠와 흥겹게 춤을 추던 엠마 진이 너무 크게 웃는 바람에 쓰고 있던 아인슈타인 가발이 바닥에 떨어지기도 했다.

처음에 엠마 진의 아빠는 좀 특이해 보였다. 꼭 엠마 진처럼. 하지만 그분은 친절했다. 콜린의 엄마가 케이크를 정확히 스물네 조각의 정사각형으로 자를 수 있도록 도와주었고, 엄마의 성화에 못 이겨 하와이 훌라 춤 복장 아래에 티셔츠를 입은 콜린의 우스꽝스런 핼러윈 의상을 보고도 멋지다며 칭찬을 했다. 파티가 끝나고 헤어질 때는 아이들 이름을 하나하나 기억해 부르며 작별 인사를 하기도 했다.

아, 엠마 진의 아빠! 그 파티 며칠 뒤에 엠마 진의 아빠는…….

콜린은 또렷이 기억났다.

'아, 불쌍한 엠마 진!'

아빠를 잃은 엠마 진 앞에서, 콜린은 너무나 하찮은 일에 사로잡혀 이기적으로 행동하고 있었다. 작은 천사가 콜린의 심장을 콕콕 찌르며 그런 사실을 깨닫게 했다. 콜린은 이제 정말로 냉정을 되찾아야 한다.

"내 얘기를 들어 준 것만으로도 너는 나에게 큰 도움을 주었어, 엠마 진. 여기서 너를 만난 건 정말 행운이라 생각해."

"그래, 우리 두 사람의 행운의 일치."

그때 화장실 문이 열리더니 금색 곱슬머리 하나가 쑥 들어왔다. 케이틀린 보겔이었다.

"콜린! 너를 찾아서 사방을 다 돌아다녔어!"

"아……."

콜린은 무슨 말을 해야 할지 몰라 머뭇거렸다. 자기가 얼

마나 상처를 받았는지 케이틀린에게 말해야 할까? 거의 기절
할 뻔했다는 것도? 로라처럼 못된 아이에게도 잘 대해 주는
케이틀린에게 화를 내야 할까?

"콜린, 괜찮아? 어디 아파? 무슨 일이 생긴 거야?"

몹시 걱정스러운 듯 눈썹을 미간으로 모으면서 케이틀린
이 물었다.

콜린은 자기가 화를 내면 안 된다고 생각했다. 케이틀린이
일부러 상처를 준 게 아니니까. 착한 케이틀린은 로라의 사악
한 주문에 걸려든 것뿐이니까.

"난 괜찮아! 가자!"

콜린이 환한 미소를 짓자, 케이틀린이 콜린을 위해 문을
열어 주었다.

"나중에 보자, 엠마 진. 고마워!"

콜린이 손을 흔들며 말했다.

"네 문제는 머지않아 해결될 거야."

엠마 진이 말했다.

화장실 문이 휙 닫히는데, 케이틀린이 콜린에게 몸을 기울
이며 귓속말로 물었다.

"엠마 진한테 무슨 문제가 있는 거야?"

3

귀가 밝은 엠마 진은 케이틀린이 속삭이는 소리를 또렷이 들었다. 그리고 콜린의 대답도 들었다.

"아무것도 아니야. 엠마 진은 그냥 아주 조금…… 다를 뿐이야."

바로 이것이 엠마 진이 하고 싶은 말이었다.

엠마 진은 다른 사람들과 약간 달랐다. 보통 아이들보다 좀 더 합리적이며, 쉽게 흥분하거나 변덕을 부리지 않았다. 그래서 가끔 또래 아이들과 달라 보이기도 했지만, 엠마 진은 자기가 유별나게 안정된 기질을 타고난 걸 행운으로 여겼다.

엠마 진은 어려서부터 또래 아이들과 어울리는 일이 마치 다른 별의 외계 생물들과 어울리는 것처럼 혼란스러울 때가 많았다.

유치원에 다닐 때, 엠마 진은 쉬는 시간이면 구름사다리

제일 꼭대기에 자리를 잡고 앉아서 머리카락을 짧게 자른 남자아이들과 뒤로 땋은 여자아이들이 놀이터에서 잡기 놀이를 하며 뛰어다니는 모습을 바라보곤 했다. 그런데 무서운 듯 소리를 지르다가도 갑자기 즐거운 듯 깔깔거리는 아이들이 엠마 진에게는 굉장히 이상해 보였고 이해하기도 어려웠다.

하루는 여자아이들 한 무리가 계속해서 딜런이라는 남자아이를 불렀다. 그런데 막상 딜런이 다가가면 여자아이들은 소리를 지르고 깔깔 웃으며 달아났다. 엠마 진은 딜런의 어떤 점이 무서워서 아이들이 소리를 지르는지, 어떤 점이 웃겨서 그렇게 웃는지 궁금했다.

그래서 엠마 진은 딜런을 더 유심히 관찰했다. 어쩌면 딜런이 유행성 결막염에 걸려 그러는지도 모른다고 생각했다. 만일 그렇다면 왜 아이들은 전염이 될 수 있는데도 불구하고 계속 딜런을 불렀을까? 엠마 진은 못 들었지만 딜런이 여자아이들에게 웃긴 시를 읊어 준 게 아닐까 싶기도 했다.

이런 낯선 상황은 엠마 진에게 언제나 도전이자 풀어야 할 퍼즐이었다.

엠마 진은 유치원에 다닐 때부터 지금까지 또래 아이들을 주의 깊게 관찰했다. 그 정성스러운 관찰을 통해 엠마 진은 아이들의 복잡한 감정과 민감한 성향을 잘 이해하게 되었다. 꾸준한 연습과 부모님의 도움으로 엠마 진은 어떤 상황에서든 혼란을 최대한 줄이며 아이들과 교류하는 법을 배웠다.

하지만 그럼에도 불구하고 엠마 진은 또래들의 행동을 예측하기가 여전히 어려웠다. 아이들은 때로 너무나 복잡했다. 엠마 진은 요즘도 종종 도무지 이해할 수 없는 상황에 놓이는 경험을 피할 수가 없다.

몇 주 전 식당에서 일어난 사건도 그랬다. 엠마 진이 평소처럼 점심시간에 혼자 수프를 먹고 있는데, 브랜든 마호니라는 남자아이가 다가오더니 배 하나를 쑥 내밀며 헤벌쭉 웃었다. 그 바람에 몹시 지저분한 브랜든의 입속이 다 보였다. 엠마 진은 브랜든의 사물함이 쓰레기로 가득 차 있고, 손톱도 길고 더럽다는 걸 평소의 관찰로 잘 알고 있었다. 그래서 브랜든이 정기적으로 치과 치료를 하지 않아 이가 썩었다는 사실이 그리 놀랍지는 않았다.

브랜든은 뒤를 흘끗 돌아보더니 말했다.

"이거 너한테 주는 거야, 윌 킬러가."

크고 먹음직스러운 배였다. 엠마 진은 브랜든이 건네는 배를 고맙게 받았다. 깨끗이 씻으면 오후에 간식으로 맛있게 먹을 수 있을 것 같았다.

윌 킬러는 지난 학기 미술 시간에 엠마 진의 맞은편에 앉았기 때문에 두 사람은 마주 보며 수업을 들었다. 하지만 그때 윌은 엠마 진에게 한마디도 건네지 않았다. 그런데 갑자기 브랜든을 통해 자기에게 배를 주다니, 엠마 진은 의아했다.

'혹시 윌도 나처럼 다른 아이들이 점심에 주로 뭘 먹는지

관찰하는 건 아닐까? 그래서 내가 디저트로 꼭 과일 한 조각을 먹는다는 사실을 아는 걸까?'

"고맙게 받았다고 윌한테 전해 줄래?"

엠마 진이 말했다.

그러자 브랜든이 마구 웃기 시작했다. 엠마 진은 브랜든이 왜 웃는지 알 수 없었는데, 그 이유를 물어보기도 전에 윌이 나타났다.

브랜든과 윌은 친구 사이였다. 하지만 브랜든을 바라보는 윌의 눈길은 조금도 다정해 보이지 않았다. 윌은 크고 파란 눈을 가늘게 뜨고 입술을 꼭 다문 채 브랜든을 노려보았다.

엠마 진은 브랜든이 허락도 받지 않고 윌의 배를 자기에게 주어서 윌이 화가 난 거라고 추측했다. 그래서 얼른 윌에게 배를 건네며 말했다.

"너 배고프면, 이거 다시 가져가도 돼."

그러자 브랜든의 웃음소리가 더 커졌다.

"얘는…… 진짜…… 이상해!"

너무 크게 웃느라 숨을 헐떡이며 브랜든이 간신히 말했다.

윌은 엠마 진으로부터 배를 받아 들고 브랜든에게 다가갔다. 보통 7학년 남자 아이들보다 키가 큰 윌이 브랜든을 내려다보며 말했다.

"멍청한 놈."

배를 얼마나 세게 쥐었는지 윌의 손가락이 하얗게 변했다.

엠마 진은 배에 멍이 들까 봐 걱정이 되었다.

"와, 무서워라!"

브랜든이 도망가며 놀리듯 내뱉었다.

월은 잠시 머뭇거리다 브랜든에게 배를 던졌다. 그런데 하필 그 순간 브랜든이 뒤를 돌아보는 바람에 배가 브랜든의 이마를 정통으로 때렸다. 브랜든은 주변에 있던 철제 의자로 쓰러지며 식당 바닥으로 넘어졌다. 그 모습을 보던 엠마 진은 너무 놀라 하마터면 들고 있던 보온병을 떨어뜨릴 뻔했다.

몇 초 뒤 어디선가 페트로스키 선생님이 나타나 월을 가리키며 소리를 질렀다.

"월 킬러, 내가 봤다! 내가 다 봤어!"

선생님은 월을 교무실로 데려갔다. 그날, 월은 남은 오후 수업을 끝내지 못하고 먼저 집으로 돌아가야 했다.

엠마 진은 그날 오후 내내 머릿속이 혼란스러웠다. 엄마의 조언이 없었다면 엠마 진은 아직도 그 문제를 이해하지 못했을 것이다.

엠마 진의 엄마 엘리자베스 래저러스는 다른 아이들의 부모님보다 젊었지만, 경험이 많고 현명한 노인처럼 지혜로웠다. 엄마는 사람의 마음과 정신에 관해 날카로운 통찰력을 갖고 있었다. 엠마 진은 또래 아이들에 대해 엄마와 자주 대화를 나누었다. 두 사람은 대개 함께 책을 읽거나 낮에 일어난 일들을 얘기하며 침대에서 저녁 시간을 보내곤 했다.

그날 저녁도 엠마 진은 자기가 태어났을 때 아빠가 선물로 만들어 준 퀼트 이불을 들고 엄마 침대로 갔다. 퀼트 이불에는 수백 개의 작고 네모난 천 조각이 정교하게 배열되어 있었다. 닳아서 너덜거리는 이불 끝에 발가락이 걸리지 않도록 조심하며, 두 사람은 부드러운 이불 아래에서 발가락을 살며시 꼼지락거렸다. 자칫하면 너덜거리는 퀼트 이불 가장자리가 떨어져 나갈 수도 있기 때문에.

그동안 엠마 진은 이불을 수선하기 위해 몇 번이나 엄마와 함께 공예 가게에 가 보았지만, 아직까지도 아빠가 만들어 준 퀼트 이불에 꼭 맞는 천 조각을 발견하지 못했다.

엠마 진은 식당에서 일어난 일을 하나도 빠짐없이 엄마에게 이야기했다. 엄마는 엠마 진의 말을 주의 깊게 들었고, 이야기가 끝난 뒤에도 입술을 꼭 다문 채 한동안 생각에 잠겨 있었다. 엠마 진은 엄마의 구불거리는 붉은 머리카락에 붙은 천 조각 하나를 손가락으로 떼어 내며 잠자코 기다렸다.

마침내 엄마가 입을 열었다.

"난 브랜든이 불쌍해."

"왜?"

"어른이 된 그 아이 모습이 상상이 되거든."

엠마 진의 엄마는 영혼이나 초능력같이 신비한 힘에 대해 특별한 관심을 갖고 연구하지는 않았다. 하지만 놀랄 만큼 정확하게 미래를 예측하는 능력을 갖고 있었다.

엄마는 유진 래저러스가 자기 남편이 되리라는 것도 한눈에 깨달았다고 했다.

두 사람은 엘리자베스가 일하는 은행으로 유진이 예금 통장을 만들러 왔을 때 처음 만났다. 당시 엘리자베스는 은행에서 막 일하기 시작했고, 유진은 그 몇 주 전에 MIT(매사추세츠 공과 대학—옮긴이)를 졸업하고 박사 과정을 시작하기 위해 이사를 왔다.

"아빠는 수줍음이 많은 사람이었어. 하지만 나는 아빠 안에 있는 아주 특별한 걸 보았지. 아빠의 두 눈을 들여다보면 뭔가 특별한 선물을 갖고 있는 사람이라는 느낌이 들었어. 바로 너처럼 말이야. 아빠는 자기 가슴에 있는 특별한 선물 상자를 여는 방법을 아는 사람을 기다리듯 내 앞에 서 있었어. 그리고 그 방법을 아는 사람이 바로 나였지."

엠마 진은 브랜든에 대한 엄마의 말을 이해할 수 있었다. 어른이 된 브랜든…… 선량한 사람을 놀리고, 이가 몇 개 빠진 지저분한 잇몸에서 피가 흐르는 남자 모습을 상상하자 저절로 이맛살이 찌푸려졌다. 엄마 말처럼, 그런 사람의 인생이 잘 풀릴 것 같지는 않았다.

"그러면 윌 킬러는?"

"나는 그 아이가 마음에 들어."

엄마는 조금도 머뭇거리지 않고 대답했다.

"하지만 엄마는 그 애를 만나 본 적이 없잖아."

"그래도 난 그 아이가 좋아. 그 아이는 너의 명예를 지켜 주려 했잖아."

"중세의 기사들처럼?"

호기심 어린 얼굴로 엠마 진이 물었다.

"그래, 마치 중세의 기사들처럼."

아빠는 영국의 전설적 영웅인 아서 왕에 대한 책을 엠마 진에게 많이 읽어 주었다. 하지만 엠마 진은 윌 같은 남자 아이가 중세의 용감한 기사들과 뭔가 공통점이 있다고 생각해 본 적은 없었다. 그 시대의 용감한 기사들은 대부분 손가락으로 양고기를 뜯어 먹고 목욕은 1년에 한 번밖에 하지 않는 단순한 남자들이라고 했다.

'어쩌면 윌은 평범한 성적과 뛰어난 농구 실력 뒤에 무언가를 숨기고 있을지도 몰라. 혹시 우리 학교의 현대식 복도에서는 쉽게 눈에 띄지 않는, 시대에 뒤떨어진 용기를 발휘하는 재능을 갖고 있는 건 아닐까?'

엠마 진은 앞으로 윌을 좀 더 자세히 관찰해야겠다고 마음먹었다.

"엄마, 그럼 브랜든은 왜 나한테 이상하다고 했을까?"

"사전에서 '이상하다' 란 단어를 찾아보자. 그 아이가 너에게 한 말이 정확한지 확인하게."

두 사람은 침대에서 일어나 언제든 쉽게 이용할 수 있도록 엄마 화장대 위에 올려놓은 낡은 사전을 펼쳤다.

'이상하다' 라는 단어의 뜻풀이는 굉장히 길었다. 엄마는 그 가운데에서 두 번째 뜻을 가리켰다.

2. 비상한, 주목할 만한, 남다른.

"엠마 진, 이 말들이 너를 정확히 표현한다고 생각하니?"

엠마 진은 낱말들이 마음속에 스며들어 제자리를 잡을 때까지 잠시 기다렸다. 꽤 잘 맞는 것 같았다.

"아주 정확해."

사전을 덮고 하늘색 겉장을 톡톡 치며 엄마가 말했다.

"내 생각도 그래. 그러니까 다음에 누군가 너를 이상하다고 하면, 너는 그 사람에게 고마워해야 할 것 같아. 나한테는 그게 널 칭찬하는 말로 들리거든."

엠마 진은 고개를 끄덕였다.

"사람들은 아빠도 이상하다고 생각했어?"

다시 엄마 침대로 돌아와 퀼트 이불을 어깨에 두르고 포근한 느낌에 잠기며 엠마 진이 물었다.

"응."

엄마는 침대 옆의 커다란 놋쇠 사진틀에 들어 있는 아빠 사진을 보고 살짝 웃으며 대답했다. 돌아가신 지 2년이 넘었지만 아빠는 한결같이 두 사람을 바라보고 있었다.

집 안 곳곳에 아빠 사진이 있었다. 벽에 걸려 있고, 거울과 냉장고에도 붙어 있으며, 소설책 속에도 들어 있었다. 엄마 자동차 선바이저(직사광선을 피하기 위해 자동차 안에 설치하는 판 ―옮긴이) 속에도 아빠 사진이 끼워 있었다.

"아빠는 아주 훌륭하게 이상했어. 매우 창의적인 분이었지, 바로 너처럼. 그게 내가 아빠를 그토록 사랑한 이유 중 하나였고, 내가 너를 사랑하는 아주, 아주, 아주 많은 이유 중 하나야."

엠마 진은 훌륭한 수학자, 존경받던 교수, 그리고 엄마의 사랑이던 아빠를 자기가 닮았다는 말을 들을 때마다 기뻤다.

아빠는 사진 속에서, 검은 머리카락 아래의 밝고 푸른 눈으로 엠마 진을 흐뭇하게 바라보고 있었다. 오늘도 평소처럼 아빠는 고개를 끄덕이며 엠마 진을 안심하게 만들었다.

엠마 진은 곧바로 콜린의 문제를 해결하는 작업에 들어갔다. 먼저 점심시간에 콜린이 맞닥뜨린 문제의 핵심을 여러 관점에서 분석해 보았다. 그리고 점심시간이 끝날 때까지 논리적인 계획을 단계별로 세워 놓았다.

첫 단계에서 가장 먼저 할 일은, 수업이 끝난 뒤 학교에 남아 행정실 밖에 있는 큰 게시판을 조사하는 것이었다. 그 게시판에는 학교의 중요한 뉴스와 다가올 행사를 알리는 광고들이 붙어 있었다.

엠마 진은 안내문과 광고들을 주의 깊게 살펴보다가 드디어 원하는 광고를 발견했다.

남학생 농구 동아리 시상식
남학생 농구 동아리 시상식과 축하 파티가 아래와 같이 열립니다.

날　짜 : 2월 24일(토요일)

시　간 : 오후 6시부터 8시 30분까지

장　소 : 학교 체육관

　　엠마 진은 가방에서 공책을 꺼내 광고를 베낀 뒤 서둘러 집으로 갔다.

　　빅토리아 양식으로 지어진 엠마 진네 집은 아담했다. 얼마 전 엠마 진은 엄마와 함께 벽에 그려진 울새의 알을 파란색으로 칠하고 가장자리를 옅은 노란색으로 장식했다.

　　집에는 엠마 진이 좋아하는 것들로 가득했다. 아빠가 돌아가시기 전 봄에 엠마 진의 방 창문 앞에 심은 층층나무도 그중 하나였다. 엠마 진은 아빠와 함께 나무를 그리거나 새로 돋아난 나뭇가지와 싹을 관찰하고 기록하며 오후를 보내곤 했다.

　　집에 돌아오면 좋은 또 다른 점은, 엠마 진을 반기는 향긋한 마늘향과 카레 냄새였다. 이 향기를 만들어 내는 주인공은 엠마 진이 최고의 요리사라고 칭찬하는 비크램 애드와니였다.

　　인도 뭄바이에서 온 서른한 살의 비크램은 키가 183센티미터나 되고, 캐러멜 색깔의 피부에 검고 긴 머리카락을 말꼬리처럼 묶고 다녔다. 대학에서 면역학 박사 과정을 공부하는 비크램은 6개월 전부터 엠마 진네 집 양지바른 3층을 빌려 살고 있었다.

엠마 진은 옷걸이에 코트를 건 다음, 비크램을 찾아 부엌으로 갔다. 스토브 앞에서 냄비에 담긴 음식을 휘휘 젓고 있던 비크램이 엠마 진을 보고 반갑게 미소를 지었다.

"오늘은 아저씨와 함께 요리할 시간이 없어요. 죄송해요. 우리 반 어떤 아이에게 좀 급한 일이 생겨서 제가 도와주어야 하거든요."

"아, 그래? 괜찮아. 나 혼자 할게."

비크램은 나무 숟가락으로 차나 마살라(다양한 향료에 토마토소스와 병아리콩을 넣어 끓인 인도식 수프—옮긴이)를 듬뿍 떠 엠마 진에게 내밀며 맛을 보라고 했다.

황금색 병아리콩과 진홍색 토마토소스가 어우러진 매혹적인 요리를 보자 엠마 진 입에서 저절로 감탄이 흘러나왔다. 엠마 진은 뜨거운 김을 없애기 위해 숟가락을 몇 번 호호 분 다음 맛을 보았다. 그러고는 두 눈을 감은 뒤 몸의 구석구석을 채우는 여러 향료의 생생한 맛을 천천히 음미했다. 강황(카레 가루의 원료가 되는 생강과에 속하는 노란 허브—옮긴이)도 들어 있고, 애기회향(달콤한 향과 맛이 나는 향료—옮긴이)도 빠지지 않았으며, 칠리 고추(매운맛이 나는 향료—옮긴이)도 알맞게 들어 있었다.

엠마 진은 맛있다고 고개를 끄덕인 뒤 숟가락을 싱크대에 내려놓으며 말했다.

“각종 양념이 완벽한 조화를 이루고 있네요.”

“그렇다면 다행이지.”

“저는 그만 방으로 올라갈게요.”

“그래, 문제 잘 해결하렴.”

불꽃을 줄이며 비크램이 말했다.

“솔직히 쉽지 않은 문제예요.”

“그래도 너는 잘 해낼 거야.”

“고마워요, 아저씨.”

엠마 진은 깔끔하게 정돈돼 있고 바람이 잘 통하는 자기 방으로 올라갔다.

열일곱 살짜리 잉꼬 앙리가 작은 소리로 재잘거리며 엠마 진을 반겼다. 앙리는 아빠가 키우던 새인데, 그 이름은 물론 앙리 푸앵카레에게서 따온 것이었다.

“엠마 진! 봉주르(프랑스 어 인사말―옮긴이), 올라(에스파냐 어 인사말―옮긴이), 나마스테(힌디 어 인사말―옮긴이).”

앙리가 빠르고 높은 소리로 인사를 하며 반겼다.

엠마 진이 새장 문을 열자 앙리가 얼른 밖으로 나와 엠마 진의 어깨에 앉았다. 앙리는 부드러운 머리를 엠마 진의 볼에 비볐다. 엠마 진은 조용히 눈을 감았다. 하루하루가 즐겁지만, 이 순간에 엠마 진은 좀 더 특별한 행복을 느꼈다.

“앙리, 미안하지만 지금은 너랑 애기할 시간이 없어. 애기는 좀 나중에 하자. 당장 해결해야 할 중요한 문제가 있거든.”

엠마 진이 앙리를 보며 나직이 말했다.

엠마 진은 컴퓨터 앞에 앉아 쿼크 익스프레스(미국의 쿼크 사에서 개발한 출판 편집용 소프트웨어—옮긴이) 프로그램을 이용해 18포인트 크기의 타임스 뉴 로만 글씨체로 학교 이름을 만든 다음, 파란색으로 테두리를 그었다. 윌리엄 글래드스턴 중학교의 로고였다.

엠마 진은 자기가 만든 학교 로고를 화면의 맨 위에 복사한 뒤 편지를 쓰기 시작했다. 정확한 문장과 알맞은 어투가 완성되기까지 몇 번이나 고쳐 쓰다 보니, 오후가 지나고 저녁이 되어서야 완성된 편지를 프린트할 수 있었다.

로라 길로이 양에게

오는 2월 24일 토요일 저녁에 열리는 남학생 농구 동아리 시상식 겸 축하 파티에 당신을 초대합니다. 저희 농구 행사 위원회는 이날 축하 무대를 빛내 줄 댄서의 한 사람으로 로라 양이 뽑혔음을 기쁜 마음으로 알려 드립니다. 시상식이 끝나면 짧은 축하 공연이 예정되어 있는데, 여러 학년에서 선발된 재능 있는 댄서들이 함께 공연할 계획입니다. 그런데 7학년에서는 로라 양만 뽑혔으니, 축하 파티가 끝날 때까지는 이 일을 반드시 비밀로 해 주길 부탁드립니다.

선발된 학생들은 오는 금요일 밤 여덟 시에 학교 체육관에서 있을 예행연습에 반드시 참가해야 합니다. 촉박하게 알려 드림을 사과하며, 축하 파티 공연에서 로라 양을 볼 수 있기를 희망합니다. 만약 개인적인 사정 때문에 참여할 수 없다면, 다른 사람을 대신 선발하겠습니다.

농구 행사 위원회 드림

엠마 진은 오랫동안 사람들의 행동을 관찰하고 연구했기 때문에, 남학생 농구 동아리 시상식 겸 축하 파티에서 춤출 기회를 얻기 위해서라면 로라가 케이틀린과 약속한 스키 여행쯤은 기꺼이 포기할 것이라고 짐작했다.

로라는 자기 깃털을 뽐낼 순간만을 기다리며 사는 공작 같았다. 물론 공작의 세계에서 아름다운 깃털을 뽐내는 쪽은 수컷이지만, 그래도 이 비교는 꽤 적절해 보였다.

엠마 진은 완성된 편지를 책상에 내려놓고 의자 등받이에 몸을 기댔다. 나름대로 독창적이고 논리적인 방식으로 문제에 접근했지만, 여러 변수가 있기 때문에 결과가 어떻게 될지를 예측하기는 어려웠다.

엠마 진은 피곤을 느끼며 앙리를 바라보았다. 언제부터인지 앙리는 엠마 진의 어깨 위에서 평화롭게 잠자고 있었다.

5

콜린의 엄마는 "시간이 지나면 모든 상처가 아문다."라는 말을 자주 했다. 콜린이 2학년 때 키우던 햄스터가 죽었을 때도, 5학년 때 축구 동아리에 끼지 못했을 때도 엄마는 그렇게 말했다. 그래서 콜린은 자기가 올해 케이틀린과 함께 스키를 타러 가지 못한다고 말하면 엄마가 뭐라고 할지 쉽게 예상할 수 있었다.

하지만 콜린이 바라는 건 그 말이 아니었다. 콜린은 엄마가 가까이 다가와 자기 어깨에 팔을 두르고 등을 쓰다듬으며 이렇게 말해 주길 바랐다.

"어머나, 내가 오늘 들은 것 중에 제일 슬픈 얘기구나! 얼마나 속상하니, 콜린!"

하지만 안타깝게도 콜린의 엄마는 다정하게 안아 주는 타입이 아니었다. 게다가 지금 엄마는 식기 세척기에서 그릇을 꺼내느라 몹시 바빴다.

"스키 여행은 또 기회가 있을 거야. 네가 화난 건 알지만, 이럴 때 꼭 기억할 것은……."

찬장에 넣을 접시들을 콜린에게 주며 엄마가 말했다. 이어질 말을 예상하자 콜린은 자기도 모르게 몸이 움찔거렸다.

"시간이 지나면 모든 상처가 아문다는 거지."

그래, 좋아. 하지만 도대체 시간이 얼마나 오래 지나야 상처가 아물까?

엄마는 그렇게 구체적으로는 말하지 않았다. 콜린은 가느다란 수염으로 자기 목을 간질이던 사랑스러운 햄스터 피기가 아직도 그리웠다. 그리고 5학년 때 여자아이들 중에서 자기만 축구 동아리에 끼지 못했다는 사실이 지금도 너무 부끄러웠다. 물론 콜린은 축구를 싫어했다. 하지만 여자아이 모두 축구를 하는데 자기만 빠지기는 싫었다.

'도대체 언제쯤이면 스키 여행 때문에 속상한 마음이 사라질까?'

1교시 에스파냐 어 시간에, 로라 자리에서 책상 네 개가 떨어진 곳에 앉아 있던 콜린은 속으로 생각했다. 케이틀린이 그 끔찍한 소식을 전한 지 이틀이 지났다. 이틀이면…… 48시간, 2880분, 17만 2800초다. 콜린은 바인가르트 선생님이 칠판에 글씨를 쓰는 동안 몰래 계산기를 두드려 보았다. 생각할수록 더욱 비참해지는 느낌을 애써 누르며.

에스파냐 어는 그다지 어렵지 않았기 때문에, 콜린은 대개 이 시간에 핑크색 매직펜으로 쓴 쪽지들을 친구들에게 돌리곤 했다. 물론 중요하고 급한 얘기는 하나도 없고, '네 양말 짱 예쁘다!' 처럼 아이들의 기분을 좋게 만드는 사소한 것들이었다. 자기랑 잘 통하는 친한 친구 발레리에게는 부담 없이 '너 그거 어디서 났어?' 라고 묻기도 했다.

하지만 지금 핑크색 매직펜은 가방 안에 들어 있었다. 솔직히 매직펜을 꺼내 쪽지를 쓰고 싶은 순간도 있었다. 친구 미셸이 오늘 처음 보는 예쁜 팔찌를 끼고 있는 모습을 보았을 때는 근사해 보인다고 말해 주고 싶었다. 그런데 바로 그때, 로라가 스키를 타고 스트래턴 산을 내려가는 모습이 한밤중에 상영되는 공포 영화처럼 스쳐 갔다. 그러자 콜린의 머릿속에 있던 밝고 유쾌한 말들이 순식간에 모두 검은 연기로 변해 사라져 버렸다.

콜린은 공들여 꾸민 자기의 에스파냐 어 공책을 내려다보았다. 겉장은 '콜린 파머란츠' 라는 글씨가 예쁘게 쓰여 있고 수많은 하트와 꽃으로 장식이 되어 있었다. 콜린의 눈에 눈물이 글썽이기 시작했다.

'나는 왜 이렇게 모든 일을 힘들게 받아들일까? 나는 왜 이렇게 스키 여행에 신경을 쓰는 걸까? 나도 다른 사람들처럼 신경을 좀 덜 쓸 수는 없을까? 이 모든 일에 대해!'

"세뇨리타 콜린 파머란츠, 테 구스타 엘 파스텔 데 초콜릿?(에스파냐 어로 '콜린 파머란츠 양, 초콜릿 케이크 좋아해요?' 라는 뜻―옮긴이)"

'어머, 선생님이 방금 무슨 말을 하고 있었더라?'

"어, 죄송해요, 로 시엔토 무초, 세뇨라…….(에스파냐 어로 '선생님, 정말 죄송해요…….' 라는 뜻―옮긴이)"

바짝 긴장하며 콜린이 대답했다.

"아텐시온!(에스파냐 어로 '집중하세요!' 라는 뜻―옮긴이)"

바인가르트 선생님이 손가락을 흔들며 콜린에게 말했다.

미셸이 반짝거리는 팔찌를 흔들며 위로하는 표정으로 콜린을 바라보았다. 콜린은 너무 창피했지만 별일 아니라는 듯 어깨를 으쓱하고는 미셸을 보며 살짝 미소를 지었다.

콜린의 가슴이 팔딱팔딱 뛰었다. 숨을 깊이 들이마시자 아침에 뿌린 향수가 콧속 가득 느껴졌다.

의자에 앉아 있는 콜린의 몸이 아래로 축 늘어졌다. 걱정 때문에 초조하고 불안해서인지 배가 살살 아팠다. 콜린은 자기 자신이 너무 불쌍했다.

'나는 왜 항상 걱정만 할까? 그리고 왜 어떤 아이들은 못되게 굴까?'

수업을 마치는 벨이 울렸다. 콜린은 가방을 챙긴 뒤 기운을 내서 복도로 걸어 나갔다. 마음속은 엉망진창이었지만, 마주치는 아이들에게 다정하게 인사를 하고 미소를 보내며.

그런데 바로 그때 믿기 어려운 일이 일어났다. 교실 앞에서 로라가 기다리고 있는 게 아닌가!

"콜린!"

로라가 작은 소리로 부르며 다가오자 그을린 로라의 피부에서 뿜어 나오는 열기가 전해져 왔다.

"만약 내가 스키를 타러 가지 않으면 케이틀린이 날 많이 미워할까?"

아, 어떻게 이런 일이 일어날 수 있을까!

콜린은 기절할 것 같았다.

로라는 스웨터 주머니에서 예쁘고 작은 초콜릿바 하나를 꺼냈다.

로라는 아이들을 만날 때마다 자기 아빠가 스위스로 출장 갔다가 사 왔다는 초콜릿을 자랑하며 여기서 사는 것보다 훨씬 맛있다고 떠벌렸다. 로라는 가끔 초콜릿을 나누어 먹기도 했지만 그런 경우는 드물었고, 더욱이 콜린과 나눠 먹은 적은 한 번도 없었다. 지난주 밸런타인데이 때는 남들이 눈치채지 못하게 월의 가방에 초콜릿 상자를 넣기도 했다.

로라가 콜린에게 초콜릿바를 건네며 말했다.

"급한 일이 생겨서 내가 못 갈 것 같거든. 네 생각에, 내가 가지 않으면 케이틀린이 날 많이 미워할 것 같아?"

지난 며칠 동안 콜린은 혼란한 안개에 둘러싸여 모든 것이 흐릿하게 보였다. 그런데 갑자기 안개가 말끔히 걷히며 모든 게 환하고 또렷하게 보이기 시작했다. 이제 보니 로라는 스키

나 케이틀린에게는 관심이 없었다. 콜린에게는 더욱이 신경도 안 썼다. 로라가 신경 쓰는 건 오직 로라 자신뿐이었다.

콜린은 로라를 쳐다보았다. 로라가 주는 것은 그 무엇도 달콤하지 않았다. 콜린이 손사래를 치며 초콜릿을 거절하자 로라가 뜻밖이라는 얼굴로 물었다.

"뭐야?"

이 짧은 물음에 대답할 수 있는 말은 많았다. '고마워.' 도 그중 하나였다. 왜냐하면 바로 지금 이 오싹한 순간에 콜린은 자유로웠기 때문이다. 갑자기 모든 것이 명백해졌다! 로라는 콜린보다 예뻤다. 춤도 더 잘 추었다. 하지만 콜린은 로라보다 착했다. 이보다 더 중요한 게 있을까?

그러나 콜린은 이런 생각을 로라에게 말하지 않았다. 자기의 혀를 간질이는 말들을 꿀꺽 삼켜 버렸다. 콜린은 어서 이 자리를 떠나고 싶을 뿐이었다.

물론 콜린은 그렇게 하지 못했다. 대신 보통 때와 달리 그다지 상냥하지 않은 목소리로 말했다.

"아무것도 아니야. 그리고 케이틀린도 신경 안 쓸 거야."

그날 수업이 끝날 즈음, 케이틀린은 다시 콜린을 자기 가족의 스키 여행에 초대했다. 두 사람은 좋아서 서로 껴안고 폴짝폴짝 뛰었다.

"로라가 취소해서 정말 기뻐. 사실 나는 로라가 못 가게 되기를 매일 기도했어!"

케이틀린이 콜린의 귀에 대고 속삭였다.

"정말?"

"너한테 너무 미안해! 나 용서해 줄 거야, 콜린?"

"당연하지!"

그날 밤 잠들 무렵, 콜린은 화장실에서 엠마 진과 나눈 이야기가 떠올랐다. 그러자 말도 안 되는 생각이 들었다.

'로라 마음을 바꾸게 하려고 엠마 진이 무슨 일을 벌인 건 아닐까?'

콜린은 침대 위에 똑바로 누운 채 천장에 매달려 있는 하트와 별을 바라보았다.

'엠마 진이 무슨 수로 로라가 여행을 취소하게 만들었겠어? 자기 세계에 빠져 사는 엠마 진은 내 문제 같은 건 이미 까맣게 잊어버렸을 거야. 그래, 로라한테 더 재미있는 일이 생겼을 거야.'

콜린은 눈을 감고 행복한 잠에 스르르 빠져들었다.

6

콜린의 문제를 해결하기 위한 엠마 진의 계획이 성공했음을 알려 주는 몇 가지 징조가 있었다.

첫 번째는 수요일 수업이 끝난 뒤에 본 콜린과 케이틀린의 모습이었다. 두 사람은 서로의 어깨에 손을 올려놓고 폴짝폴짝 뛰고 있었다. 그 모습은 두 사람이 7학년 공동 부회장으로 뽑혔을 때와 비슷했다. 두 사람은 뭔가를 축하하고 있는 것 같았다.

로라가 스키 여행을 가지 않기로 했을까? 그래서 콜린과 케이틀린이 기뻐서 축하하는 걸까? 그럴 수도 있지만, 아직은 확실하지 않았다.

그런데 금요일 오후에 콜린이 집으로 가는 학교 버스를 타지 않고 케이틀린과 함께 좁은 길에 서서 다른 차를 기다리고 있었다.

몇 분 뒤, 지붕에 스키를 실은 케이틀린 아빠의 스테이션 왜건(접이식 의자가 있고 좌석을 젖혀 차 안 뒤쪽에 짐을 실을 수 있도록 뒤에도 문이 달린 자동차—옮긴이)이 두 사람 앞에 도착했다. 케이틀린과 콜린은 함께 스테이션왜건에 올라탔다. 엠마 진은 그들이 버몬트 스키장을 향해 가는 거라고 생각했다.

하지만 엠마 진은 여전히 자기가 로라에게 보낸 편지 덕분에 콜린과 케이틀린이 함께 스키장에 가는 것인지 확실히 알 수 없었다.

저녁 식사를 마치고 엄마와 비크램이 설거지하는 것을 도와주고 나서, 엠마 진은 산책을 갔다. 엄마가 인도로만 다니라고 주의를 주었다. 엠마 진은 파카 지퍼를 올리고 밖으로 나섰다.

추운 밤, 동네 길은 조용했다. 엠마 진과 아빠는 종종 밤에 함께 손을 잡고 탐험을 나서곤 했다. 두 사람은 달빛 아래에서 좋아하는 나무를 관찰하거나, 부엉이 혹은 스컹크 같은 야행성 동물들이 내는 소리에 귀를 기울이고, 앙리 푸앵카레에게 그토록 영감을 주었다는 별이 빛나는 경이로운 하늘을 오래도록 올려다보기도 했다.

학교까지는 걸어서 10분밖에 걸리지 않았다. 주차장에는 차가 한 대뿐이고 사람은 아무도 없었다. 엠마 진은 학교 앞 회양목 울타리 뒤로 몸을 숨겼다.

5분쯤 지나자 황갈색 중형차 한 대가 주차장으로 달려왔다. 자동차는 엠마 진이 숨어 있는 곳에서 몇 미터밖에 떨어지지 않은 정문 옆에서 멈추었다. 곧이어 자동차 문이 열리고 로라 길로이가 튀어나왔다. 로라는 자동차 문을 쾅 닫더니 학교 안으로 뛰어 들어갔다.

엠마 진은 벽에 기댄 채 기다렸다. 두꺼운 파카를 입었는데도 차가운 기운이 느껴졌다.

몇 분 뒤 로라가 다시 나타났다. 로라는 들고 있던 핸드백 안에서 휴대 전화를 꺼내 버튼을 꾹꾹 누르더니 전화기에 대고 소리를 빽 질렀다.

"완전 골탕 먹었어! 지금 당장 나 좀 데리러 와!"

몇 초 동안 상대방의 이야기를 듣던 로라는 발을 쾅쾅 구르며 더 크게 소리 질렀다.

"안 돼! 어떻게 여기서 15분이나 기다려! 나 완전 바보 됐다고! 지금 당장 데리러 와!"

로라는 휴대 전화를 핸드백 안으로 집어 던지며 뭐라고 욕을 해 댔다. 그러고는 초조한 듯 왔다 갔다 하며 몸에 너무 딱 붙어 엉덩이 사이에 낀 바지를 거칠게 잡아 뺐다.

몇 분 뒤 황갈색 중형차가 다시 나타나 팔짱을 끼고 서 있는 로라 앞에 멈추었다. 로라는 자동차 손잡이를 사납게 비틀어 문을 열더니 앞자리에 몸을 던지듯 올라탔다.

자동차가 사라진 뒤 엠마 진은 자리에서 일어나 파카에 붙어 있는 나뭇잎을 떼어 내고 구겨진 바지의 주름도 폈다. 마음속에서 여러 가지 생각이 빠르게 지나갔다. 엠마 진은 생각의 흐름을 조금 늦추기 위해 한동안 가만히 서 있었다. 심장이 빠르게 뛰고 날이 추운데도 땀이 났다.

사납게 화를 내던 로라의 모습이 엠마 진을 불안하게 만들었다. 엠마 진은 지금까지 단 한 번도 다른 사람을 일부러 화나게 하거나 기분 나쁘게 만든 적이 없었다.

엠마 진은 어둠 속에서 생각을 정리해 보았다. 아무리 로라가 이기적이고 악의가 있는 사람이라 할지라도, 로라에게 고통을 준 것은 바람직하지 않았다. 물론 제일 먼저 문제를 일으킨 사람이 로라라는 사실에는 변함이 없었다.

아무튼 엠마 진은 자기가 문제를 해결했음을 확인했다. 지금쯤 콜린은 버몬트 산 어딘가에서 단짝 케이틀린과 함께 즐거운 시간을 보내고 있을 것이다. 로라도 지금은 화가 많이 나 있지만, 그 아이의 성격으로 미루어 보면 평소의 무자비하고 이기적인 상태로 돌아오기까지는 그리 오랜 시간이 걸릴 것 같지 않았다.

엠마 진의 마음에 가득 차 있던 혼란스러운 생각들이 아침 안개처럼 사르르 흩어지기 시작했다. 그리고 심장 박동도 다시 평소처럼 느려지고 머릿속도 정돈이 되었다.

엠마 진은 자신의 행동이 미약하나마 윌리엄 글래드스턴 중학교 7학년 아이들의 무질서한 세계가 균형을 회복하는 데 도움을 주었다고 믿었다.

구부러진 느릅나무 아래의 고요한 길을 걸으며, 엠마 진은 콜린의 사건을 천천히 돌이켜 보았다.

집으로 돌아온 엠마 진은 차를 한 잔 마시고 사과도 하나 먹었다. 아빠가 쓴 책에 의하면, 앙리 푸앵카레도 도전적인 수학 문제를 앞두었을 때는 늘 이렇게 논리적으로 접근해 해결했다.

7

콜린의 문제를 긍정적으로 해결했다고 생각하자 엠마 진은 뿌듯하고 기뻤다. 그래서 또 기회가 있으면 다른 사람에게도 도움을 주어야겠다고 마음먹었는데, 그 기회는 바로 다음 주에 찾아왔다.

점심시간이었다. 시끄럽지만 밉지 않은 7학년 아이들에 둘러싸여, 엠마 진은 평소처럼 크고 둥근 테이블 앞에 혼자 앉아 있었다. 막 보온병을 열고 집에서 싸 온 토마토 수프를 한 숟가락 떠서 맛을 보는데, 페트로스키 선생님의 흥분한 목소리가 엠마 진의 평화로운 기분을 깨뜨렸다.

페트로스키 선생님은 엠마 진이 앉은 자리에서 몇 미터 떨어진 곳에 서서 문학을 가르치는 라이트 선생님과 이야기를 나누고 있었다. 두 사람은 자판기 바로 뒤에 엠마 진이 앉아 있다는 걸 알지 못했다.

"글쎄, 윌 킬러가 제 초콜릿을 훔쳐 갔지 뭡니까. 교사 휴게실에 몰래 들어가 제 사물함에서 초콜릿을 가져갔어요. 어떻게 했는지는 모르지만, 그 애가 한 짓이 분명합니다. 그 애를 붙잡아 따끔하게 혼내 줘야겠어요."

"윌이 그랬다는 걸 선생님이 어떻게 아세요?"

라이트 선생님이 물었다.

"수업 시간에 그 애가 초콜릿 먹는 걸 보았거든요. 바로 제 앞에서 말입니다."

"하지만 그게 윌이 선생님의 초콜릿을 훔쳤다는 증거가 되지는 않잖아요. 그리고 솔직히 윌이 도둑질할 아이 같지는 않은데요."

"라이트 선생님, 지금 농담하세요? 그 애는 전에도 나쁜 짓을 했어요. 윌이 브랜든에게 한 짓을 알고 계시죠? 그날 브랜든은 응급실에 실려 갈 뻔했다고요."

"물론 그 일은 저도 알아요. 하지만 제멋대로 행동하는 브랜든한테 배를 집어 던지고 싶은 아이는 많을 거예요. 윌은 착한 아이예요."

"그건 선생님이 뭘 모르셔서 그래요."

라이트 선생님은 페트로스키 선생님보다 훨씬 어렸고, 올해 처음 윌리엄 글래드스턴 중학교로 부임해 왔다. 하지만 그렇다고 라이트 선생님이 페트로스키 선생님보다 세상 물정을 모르는 사람처럼 보이지는 않았다. 라이트 선생님은 똑똑했고 여행도 많이 다녔다. 최근에는 아프리카의 가나에 가서 선생님 어머니의 친척들을 만나고 왔다고 했다.

무엇보다 주목할 만한 점은, 엠마 진의 이름을 '자유의 여신상'에 새겨진 시를 쓴 시인 엠마 래저러스에서 따온 거냐고 물어본 사람은 학교 전체에서 라이트 선생님뿐이라는 사실이었다. 엠마 진의 부모님은 '자유의 여신상' 앞에서 결혼을 결심했고, 딸을 낳으면 시인의 이름처럼 짓기로 약속을 했다.

"부모님은 어서 딸을 낳아 '엠마'라고 부를 날을 손꼽아 기다리셨대요."

"그럼 '진'이라는 중간 이름은 어떻게 지은 거야?"

라이트 선생님이 궁금한 듯 눈을 깜박이며 물었다.

"아빠 성함이 유진이에요. 그래서 엄마가 아빠를 놀라게 해 주려고 제 출생증명서에 이름을 쓸 때 아빠 몰래 '진'을 넣었대요."

"어머, 그래? 정말 멋진 이름이구나. 개성도 넘치고."

"두 사람이 사귄 지 2주밖에 안 됐을 때 아빠가 엄마에게 청혼을 하셨대요. 그리고 한 달 뒤에 결혼하셨고요."

"와, 정말 로맨틱하다."

"두 분은 아주 행복했어요."

엠마 진은 그동안 부모님이 들려준 여러 가지 이야기를 떠올리며 말했다.

그 다음 날 수업이 끝난 뒤 라이트 선생님이 엠마 진을 불렀다.

"엠마 진, 어제 우리가 이야기를 나눌 때 나는 네 아빠가 돌아가신 줄 몰랐단다. 그래서…… 내 마음이 얼마나 아픈지 너에게 말해 주고 싶었어."

"아빠는 똑똑한 분이었어요. 앙리 푸앵카레에 대한 책을 써서 수학 장학 재단에서 상도 받으셨고요. 제가 나무에 대해 알고 있는 것은 모두 아빠한테 배운 거예요."

"아빠가 대학에서 무척 인기 많은 교수님이었다는 건 나도 들어서 알아."

"네. 그리고 엄마의 사랑도 듬뿍 받으셨고요."

"그래. 너한테는 너무 힘든 일이었겠구나……."

"위로 고맙습니다."

엠마 진이 교실을 걸어 나가며 말했다.

그 뒤로 라이트 선생님은 두 번 다시 엠마 진에게 아빠 얘기를 꺼내지 않았고, 크리스마스 때는 우편으로 카드를 보내 주기도 했다. 분홍빛의 싱싱한 꽃봉오리들이 반짝거리는 쌍둥이 앵두나무가 수채 물감으로 우아하게 그려진 카드였다. 엠마 진은 이 카드를 스케치북에 붙여 놓았고, 요즘도 밤에 자기 전에 한참씩 행복한 마음으로 바라보곤 했다.

라이트 선생님은 식당의 점심 당번인 날에는 자주 엠마 진과 함께 식탁에 앉아 수업 시간에 읽은 책이나 시에 대해 이야기를 나누었다.

엠마 진은 오늘도 라이트 선생님과 대화를 나누고 싶은 마음에, 선생님과 눈을 마주치기 위해 자판기 주변을 둘러보았다. 하지만 한쪽으로 쏠린 페트로스키 선생님의 육중한 몸집이 가냘픈 라이트 선생님을 가려 보이지 않았다.

페트로스키 선생님이 라이트 선생님에게 좀 더 가까이 몸을 기울이며 말했다.

"그러니까 어찌 된 일인지 자세히 알려 드릴게요. 어느 날 제가 휴게실 소파에 앉아 실수로 펜을 떨어뜨렸는데, 펜이 소파의 쿠션 사이로 들어갔어요. 그래서 펜을 꺼내려고 쿠션 사이로 손을 넣었더니 펜 대신 뭔가 끈적거리는 것이 만져지더군요."

깨끗하지 않은 소파 밑을 떠올리자 엠마 진은 얼굴이 찌푸려졌다.

"제 손에 닿은 것은 약간 녹은, 작은 사이즈의 밀키 웨이 초콜릿이었어요."

페트로스키 선생님의 목소리는 자신만만했다.

"그래서요?"

라이트 선생님이 물었다.

"당연히 저는 의심이 들었죠. 제 사물함에는 항상 초콜릿 한 봉지가 있거든요⋯⋯. 아시겠지만, 제가 단것을 좀 좋아하잖아요. 아무튼 그래서 얼른 일어나 사물함을 살펴보았는데, 글쎄, 제 초콜릿 봉지에 구멍이 나 있고 초콜릿이 반이나 없어졌더라고요."

"그러니까 선생님 말씀은, 윌이 교사 휴게실에 몰래 들어가 선생님의 사물함을 열고 초콜릿을 훔쳤다는 거예요?"

"네, 바로 그겁니다."

"그리고 윌이 휴게실 소파에 앉아 초콜릿을 몇 개 먹다 남은 것을 소파 쿠션 사이에 버렸다고요? 정말 말도 안 돼요!"

"아니면 그 애가 초콜릿을 먹으려고 앉다가 모르고 떨어뜨렸을 수도 있죠. 아무튼 정말 양심이 없는 아이예요."

라이트 선생님과 페트로스키 선생님은 몸을 돌려, 왁자지껄 떠드는 남자아이들을 바라보았다. 엠마 진도 두 사람이 바라보는 곳으로 시선을 돌렸다. 남자아이들은 누가 더 큰 소리로 트림을 하는지 내기 중이었다.

엠마 진은 중국에서는 음식을 맛있게 먹었다는 표시로 트림을 한다는 이야기를 들은 적이 있다. 하지만 여기는 중국이 아니므로 저렇게 요란하게 트림을 하는 건 무례한 일이었다. 어쩌면 어떤 남학생이 봄 방학 때 중국으로 여행을 다녀와서 그 나라의 문화 습관을 친구들과 함께 나누고 있는지도 모른다. 하지만 윌리엄 글래드스턴 중학교의 자극적이고 맛없는 점심을 먹고 도대체 어떤 만족스러운 소리를 낼 수 있을지 엠마 진은 의아했다.

"저기, 저 애가 하는 짓 좀 보세요."

페트로스키 선생님이 윌을 가리키며 비웃듯 말했다.

엠마 진도 식탁 앞에 서 있는 윌을 자세히 관찰했다. 금빛 머리카락은 귀 주변에서 새기 컷(머리카락에 층을 내 숱을 친 모양—옮긴이)으로 잘랐고, 입고 있는 농구 유니폼 앞에는 초콜릿 우유처럼 보이는 얼룩이 묻어 있었다.

엠마 진은 윌에게서, 엄마가 말한 '아서 왕 같은 고결한 기사의 마음'을 조금이라도 엿볼 수 있기를 바라며 윌을 바라보았다.

윌이 높은 음을 내려는 오페라 가수처럼 두 손을 하늘로 치켜들고 트림을 했다. 트림 소리는 식당 안의 떠들썩한 말소리와 웃음소리보다 컸고, 마치 태풍이 일어났을 때 울리는 경고음 같았다.

라이트 선생님이 말했다.

"이런 말씀을 드려 죄송하지만, 방금 전 선생님이 하신 얘기는 믿기가 어려워요. 저도 윌이 성적이 우수한 모범생이 아니란 건 알아요. 하지만 선생님 얘기는……."

"윌은 물려받을 재산도 대단하다고요."

페트로스키 선생님이 고개를 저으며 말했다.

"그게 도대체 무슨……."

"이 근처 길가 여기저기서 광고 못 보셨어요? 킬러 캐딜락(캐딜락 자동차를 판매하는 대리점—옮긴이) 광고 말이에요. 그게 바로 저 아이 아빠가 운영하는 자동차 판매점이에요. 윌의 아빠는 동부 해안에 있는 굉장히 큰 폴크스바겐 자동차 판매

점도 소유하고 있답니다. 제가 작년에 킬러 캐딜락에서 중고 캐딜락 자동차를 샀거든요. 그런데 그게 지독한 결함 차량이지 뭡니까. 처음에는 변속기가 망가지고, 다음에는 에어컨이 이상하더니, 이제는 덜컹거리는 소리까지 나는 거예요. 정말 미치겠다고요!"

"선생님, 괜찮으세요?"

페트로스키 선생님은 라이트 선생님의 말을 귀담아듣지 않고, 월을 쏘아보며 빠르게 불평을 늘어놓았다.

"지난 석 달 동안 저는 차를 다섯 번이나 수리했어요. 자그마치 1000달러나 쓰면서요. 그런데 대리점 사람들이 신경이나 쓰는 줄 아세요? 천만에요. 눈도 깜짝하지 않아요. 그 사람들은 저처럼 평범한 고객한테는 관심도 없다고요. 뭐 하러 신경 쓰겠어요? 이미 돈을 많이 벌었는데요."

"페트로스키 선생님, 잠깐만 저를 좀 보세요. 아무리 생각해도 월은 선생님의 사라진 초콜릿과는 연관이 없는 것 같아요. 선생님은 월이 아니라 고상 난 자동차 때문에 짜증이 난 거예요. 그러니 좀 진정하시는 게 좋겠어요."

라이트 선생님이 걱정스러운 얼굴로 말했다.

하지만 페트로스키 선생님은 또다시 고개를 절레절레 흔들며 손을 내저었다.

"조만간 라이트 선생님도 알게 될 거예요. 제가 이 일을 어떻게 처리하는지 두고 보세요."

"잘못되지 않기를 바라는 마음이에요."

엠마 진은 이 대화가 거슬렸다. 아서 왕 같은 기사도가 있든 없든, 엠마 진에게도 윌이 도둑 같아 보이지는 않았다. 솔직히 7학년 아이들 중 어느 누구도 그런 도둑질을 했을 것 같지는 않았다. 라이트 선생님 말처럼 이 일에는 뭔지 모를 속사정이 있을 것 같은 예감이 들었다. 엠마 진은 수업이 끝나면 학교에 남아 조사를 해 보기로 마음먹었다.

엠마 진은 마지막 버스가 학교 밖으로 빠져나가고 복도가 조용해질 때까지 기다린 뒤 교사 휴게실의 문을 두드렸다. 아무 대답이 없자, 문을 열고 휴게실 안으로 들어가 살며시 문을 닫았다.

휴게실은 작았다. 문 옆으로 세면대가, 오른쪽으로는 검은색의 낡은 가죽 소파가 놓여 있었다. 왼쪽 벽면은 선생님들 사물함으로 꽉 차 있었다. 복도에 줄지어 선 아이들 철제 사물함과 달리, 선생님들 사물함은 나무로 만들어져 기다란 캐비닛처럼 서로 붙어 있었다.

엠마 진은 먼저 소파로 가서 쿠션 하나를 들어 올렸다. 쿠션 아래에 있는 온갖 종류의 과자와 쿠키 부스러기들을 보자 얼굴이 찌푸려졌다.

엠마 진은 옆에 놓인 또 다른 쿠션을 들어 올려 보았다. 그러자 예상한 대로 껍질에 싸인 작은 초콜릿바가 있었다. 눈에 보이지 않는 세균이 많으리라 짐작하며, 엠마 진은 주머니에서 화장지를 꺼내 초콜릿바를 감싸 집어 들고 유심히 살펴보았다. 초콜릿바의 포장지 한쪽 귀퉁이가 뜯어져 있었다. 엠마 진은 화장지로 감싼 초콜릿바를 입고 있는 카디건 주머니에 조심스레 넣었다.

그런 다음 왼쪽에 있는 사물함 중에서 '페트로스키'라 새겨진 직사각형의 철제 이름표가 붙은 사물함을 찾아냈다. 그 사물함 앞으로 가서 두 손으로 잡아당기자 사물함이 아주 쉽게 벽에서 떨어졌다.

엠마 진은 사물함 뒤쪽으로 가서 바닥을 꼼꼼히 살펴보았다. 바로 그곳에 엠마 진이 찾는 증거가 있었다. 수백 개의 작은 갈색 구슬, 즉 생쥐 똥이었다. 페트로스키 선생님 사물함 뒤쪽 나무에는 구멍이 뻥 뚫려 있고, 구멍의 가장자리는 이빨로 갉은 자국도 나 있었다.

엠마 진은 사물함에 뚫린 구멍이 생쥐가 입에 작은 초콜릿을 물고 들락거릴 만한 크기라고 결론을 내렸다.

엠마 진이 막 사물함 앞으로 걸어 나오는데, 휴게실 문이 활짝 열렸다. 학생이 허락도 없이 교사 휴게실에 들어오는 건 학교의 규칙에 어긋나는 행동이었다. 엠마 진은 그 자리에 굳어 버린 듯 섰다.

문 앞에 서 있는 사람은 학교의 경비 요한센 아저씨였다. 엠마 진은 평소에 요한센 아저씨야말로 윌리엄 글래드스턴 중학교에 근무하는 사람들 가운데 가장 중요한 일을 하는 분이라고 생각했다.

더럽거나 위생적이지 않은 상태를 유난히 싫어하는 엠마 진은 식당 바닥을 닦고 학교 앞을 쓸어 주는 체격이 큰 요한센 아저씨가 무척 고마웠다.

엠마 진은 학교 주차장이나 운동장에 굴러다니는 빈 과자 봉지나 초콜릿 껍질을 보면 바로 집어 쓰레기통에 버리곤 했다. 아저씨 일을 조금이라도 덜어 주고 싶어서였다. 식당에서도 아이들이 식사를 마치고 아무 데나 놓고 간 쟁반들을 모아 놓거나 의자들을 식탁 밑으로 밀어 정리하곤 했다.

"안녕, 아가씨! 무슨 일이 있니?"

아저씨가 물었다.

"아저씨, 저도 제가 학교 규칙을 위반하고 있다는 걸 알아요. 하지만 저는 지금 페트로스키 선생님의 사라진 초콜릿 문제를 해결하기 위해 조사하는 중이에요."

"아, 그래?"

"네. 이 상황을 이해하시겠어요?"

숱이 그리 많지 않은 하얀 머리카락을 쓸어내리며 아저씨가 말했다.

"허허, 페트로스키 선생님이 그 문제에 대해 얘기하는 걸 들어 보면 엄청난 범죄라도 발생한 것 같더구나. 마치 선생님이 초콜릿바 속에 다이아몬드라도 숨겨 놓은 것 같던데?"

"다이아몬드는 먹을 수 없어요. 아저씨도 아시잖아요."

엠마 진의 말에 아저씨가 껄껄 웃었다.

"그거 아주 정확한 지적이구나, 엠마 진."

"어쨌든 그 초콜릿은 학생이 가져간 게 아니에요. 생쥐가 한 짓이에요."

"생쥐라고?"

"네. 예전에 집에서 생쥐를 키워 봤어요. 그래서 저는 생쥐들의 행동 방식을 잘 알아요. 페트로스키 선생님의 사라진 초콜릿 얘기를 들었을 때, 저는 그게 생쥐가 한 짓일 거라고 짐작했어요."

"오, 그랬니?"

"그리고 방금 전에 사물함 뒤에서 생쥐 똥을 발견했어요. 제가 그것들을 막 치우려던 참이었고요."

"그래, 평소에 네가 나를 많이 도와주는 걸 알고 있단다. 그래서 아저씨가 너한테 고마워하는 거 알지?"

아저씨는 34년 동안 학교 경비원으로 일하면서 엠마 진처럼 청결에 신경을 많이 쓰는 학생은 처음 보았다고 했다.

엠마 진은 아저씨에게 사물함 뒤를 살펴보라고 손짓을 하며 말했다.

"페트로스키 선생님 사물함에 구멍이 나 있어요."

"구멍이?"

"네. 손전등 좀 잠시 빌릴 수 있을까요?"

엠마 진은 아저씨의 불룩한 배에 반쯤 가려진 채 벨트에 매달려 있는 손전등을 가리키며 물었다. 아저씨는 손전등을 빼서 불을 켠 뒤 엠마 진에게 건넸다.

엠마 진은 페트로스키 선생님 사물함 뒤쪽 공간을 손전등으로 비추었다.

"아, 이런! 저것 좀 봐라."

아저씨가 수많은 생쥐 똥을 보고 인상을 쓰며 말했다.

"그리고 이것도 보셔야 해요."

엠마 진은 카디건 주머니에서 초콜릿바를 꺼냈다.

"포장지가 물어뜯긴 거 보이세요? 이게 소파 밑에 있었어요. 생쥐들은 음식을 다른 장소로 옮기는 버릇이 있거든요."

엠마 진은 아저씨한테 초콜릿바를 내밀었다.

"그러니?"

"네. 제가 관찰한 바로는 그래요."

"얘야, 네 머릿속에는 최상급 뇌가 들어 있는 것 같구나."

"고맙습니다, 아저씨."

손전등을 꺼서 아저씨에게 돌려주며 엠마 진이 대답했다.

"그리고 착한 마음씨도."

"고맙습니다. 초콜릿을 훔친 게 학생이 아니라고 페트로스키 선생님께 얘기해 주시겠어요?"

"응, 그러마."

"특히 윌이 선생님의 초콜릿을 훔치지 않았다는 사실을 꼭 알려 주셔야 해요."

“그렇게 하마. 너도 이제 그만 집으로 가야지.”

손전등을 다시 벨트에 채우며 아저씨가 말했다.

“그럴게요. 안녕히 계세요, 아저씨.”

“잘 가라, 엠마 진. 참, 요즘 널 힘들게 하는 아이는 없지?”

“그럼요.”

엠마 진은 평소와 똑같이 대답했다.

엠마 진은 아저씨가 왜 종종 자기에게 이렇게 이상한 질문을 하는지 이해할 수 없었다.

7학년 아이들이 어떻게 자기를 힘들게 한단 말인가? 아이들은 한 번도 엠마 진에게 점심 사 먹을 돈을 달라고 하거나 수학 숙제의 답을 알려 달라고 괴롭히지 않았다. 물론 더러 시끄럽거나 난폭한 아이들도 있고, 어떤 여자아이들은 화장실에 갔다가 손을 씻지 않고 나오기도 했다. 하지만 이런 것들은 엠마 진을 괴롭힐 만큼 큰 문제가 아니었다.

“다행이구나. 누구든 너를 괴롭히는 사람이 있으면 나에게 알려 줘야 해. 그런 아이들은 이 아저씨랑 말싸움을 좀 해야 할 거야.”

이렇게 가끔 아저씨는 엠마 진이 이해하기 어려운 말을 했다. 그래도 엠마 진은 요한센 아저씨를 좋아했다.

8

　그 다음 주 월요일은 더없이 밝고 화창했다. 아이들은 점심시간에 밖으로 나가 놀기 위해 샌드위치와 생선 튀김을 서둘러 먹었다. 엠마 진도 겨우 몇 숟가락 수프를 떠먹고는 도시락 통을 챙겨서 축구 경기장 끝에 있는 벤치로 갔다. 우거진 참나무 가지 아래의 이 자리는 축구공이 굴러 오지 못할 만큼 운동장에서 멀리 떨어져 있었다.

　엠마 진은 두꺼운 나뭇가지들이 서로 뱀처럼 꼬여 파란 하늘 높이 뻗어 오른 참나무를 무척 좋아했다. 엠마 진은 현대 과학 이론의 기초밖에 알지 못했지만, 고대 사람들이 왜 참나무를 '영혼의 수호자', 혹은 '자비심 있는 야수'라 불렀는지 이해할 수 있을 것 같았다.

　길 건너 아스팔트 도로 위에 서 있는 콜린이 보였다. 똑똑하고 피부색이 까무잡잡하며 씩씩한 발레리, 작고 동그란 안경을 끼고 노래할 때 예쁜 목소리를 내는 키 큰 미셸, 그리고 케이틀린과 함께. 네 사람은 쉬는 시간을 거의 함께 보냈고, 모두 로라가 이끄는 비공식 댄스 동아리 회원이었다. 공기 맑은 스키장에서 주말을 보낸 덕분인지 주근깨 많은 콜린의 피부가 건강하게 빛났다. 활짝 웃는 콜린을 보자 엠마 진도 만족스러웠다.

"안녕, 엠마 진! 오늘 네 헤어스타일 정말 멋지다!"

콜린이 활기차게 손을 흔들며 외쳤다.

엠마 진도 고개를 끄덕였다.

균형 잡힌 영양 덕분에 건강하고 탄력이 있는 엠마 진의 머리카락은 래브라도 레트리버(사냥개의 한 종류—옮긴이)의 털을 연상시켰다.

네 사람은 요즘 배우고 있는 춤을 건성으로 연습하고 있었다. 한 사람이 발동작을 틀리면 모두 동시에 까르르 웃었다. 로라와 함께 춤 연습을 할 때는 이렇게 밝게 웃지 않는 아이들이었다. 로라는 늘 춤을 추기 전에 아이들에게 몸을 풀라고 강요했다. 아이들은 여러 자세로 몸을 비틀며 스트레칭을 하면서 투덜거리곤 했다.

"그런데 로라는 어디 있어? 우리끼리 먼저 연습하면 죽이려 들 텐데."

엠마 진의 생각을 읽기라도 한 듯 발레리가 물었다.

"점심시간에도 보이지 않던데."

미셸이 말했다.

"아까 교무실에서 그 애 엄마를 본 것 같아."

케이틀린이 설명했다.

잠시 뒤, 로라가 아스팔트 도로를 가로질러 성큼성큼 걸어오며 소리를 질렀다.

"내가 기다리라고 분명히 말했지! 내가 오기 전에 시작하면 안 된다고 했잖아!"

"너 어디 갔다 오는 거야?"

케이틀린이 물었다.

로라는 평소처럼 두 발을 바닥에 딱 붙이고 두 손을 허리춤에 얹고는 군대의 훈련 담당 하사관처럼 말했다.

"지금부터 내가 하는 말을 너희는 도저히 믿지 못할 거야. 이 학교에 다니는 누군가가 나를 완전히 바보로 알고 있어. 그 멍청이는 자기가 지금 누구를 상대하고 있는지 모른다고! 내가 왜 스키 여행을 취소했는지 알아? 내가 이 편지를 받고……."

로라는 뒷주머니에서 종이 한 장을 꺼내더니 펼쳐서 앞으로 내밀었다. 아이들은 편지를 좀 더 잘 보기 위해 가까이 모여들었다. 엠마 진은 멀리서 보아도 그것이 자기가 보낸 가짜 편지라는 걸 한눈에 알 수 있었다.

"어머, 정말 멋있다! 스키를 타러 가지 않는 것도 당연하지. 네 실력을 인정받을 수 있는 영광스러운 기회인데!"

콜린이 말했다.

"야, 입 다물어! 이건 완전한 사기야. 그 파티에 춤 공연 따위는 없었어. 모든 게 거짓말이라고! 내가 금요일 밤에 예행연습을 하러 체육관에 갔을 때 누가 있었는지 알아? 뚱보 요한센이 혼자 걸레를 들고 서 있더라고. 학교는 텅 비어 있고. 그래서 우리 엄마가 농구 코치에게 전화를 했더니, 그 사람은 편지에 대해 아무것도 모른다며 분명히 무슨 실수가 있는 것 같다는 말만 반복하더래. 우리 엄마는 완전히 거품 물고 뒤로 넘어가기 일보 직전이었지. 어땠을지 짐작이 되지? 결국 우리 엄마가 투시 집으로 전화를 했다고!"

"너의 엄마가 교장 선생님한테 직접 전화를 했다고? 그것도 주말 저녁에?"

발레리가 깜짝 놀라며 물었다.

"어머, 세상에!"

미셸도 놀라 외쳤다.

"우리 엄마는 대답이 듣고 싶었던 거야. 나도 마찬가지고. 투시는 누군가 장난을 친 것 같다고 했어. 그러니까 누군가 나를 물 먹일 작정으로 가짜 학교 편지지에다 편지를 써서 보낸 거야."

"도대체 누가 그랬을까?"

케이틀린이 물었다.

엠마 진은 꼼짝도 하지 않고 앉아 있었다.

로라가 어깨너머로 아스팔트를 내려다보며 말했다.

"생각을 좀 해 봐. 나한테 그런 짓을 할 만한 불쌍한 인간은 아주 많아."

"어째서?"

콜린이 물었다.

"그야 뻔하지. 나를 질투하니까!"

아이들이 로라의 말에 공감한다는 듯 탄성을 질렀다.

"아무리 그래도 이건 정말 바보 같은 장난이야."

콜린이 말했다.

"이건 장난이 아니야! 넌 이게 웃기니, 콜린?"

로라가 비아냥거리듯 물었다.

"아냐!"

콜린이 큰 소리로 말했다.

"그날 밤 나한테 무슨 일이 생겼으면 어쩔 뻔했니? 내가 공격이라도 당했으면 어쩔 뻔했냐고! 너희 모두 잘 들어. 나는 정말 스키 타러 가고 싶었다고!"

"아, 너무나 무서운 일이다."

콜린이 말했다.

"정말 그렇게 생각해, 콜린? 너는 내 자리를 빼앗았어. 안 그래? 내 생각에는 너야말로 이 사건의 첫 번째 용의자 같은데. 너였어, 콜린? 네가 그 편지를 쓴 거야? 빨리 사실대로 부는 게 좋을 거야!"

로라는 고개를 움츠리는 콜린을 노려보며 다그쳤다.

콜린은 애써 미소를 지으며 웃음소리를 냈지만, 엠마 진에게는 그 소리가 마치 꼬리를 밟힌 강아지 울음처럼 들렸다.

"콜린이 그럴 리가 없어."

케이틀린이 말했다.

"절대로."

미셸도 진지하게 고개를 끄덕이며 덧붙였다.

"콜린은 절대로 아니야!"

발레리도 거들었다.

그러자 로라가 히죽거리며 말했다.

"솔직히 나도 완전 컴맹인 콜린이 그런 일을 할 수 있을 거라는 생각은 안 들어."

"맞아! 맞아! 나 컴퓨터 정말 몰라!"

콜린이 꺽꺽거리며 대답했다.

"나는 방금 우리 엄마랑 투시를 만나고 오는 길이야. 교장은 누가 그랬는지 반드시 범인을 잡겠다고 했어."

"잘됐다."

콜린이 여전히 잔뜩 겁을 먹은 목소리로 말했다.

"아니, 천만에! 교장은 너무 멍청해. 말로는 큰소리를 치지만 아무 일도 하지 못할 거야. 하지만 걱정하지 마. 너희, 내가 어떤 사람인지 알지? 내가 알아내고 말 거야. 너희는 몇 사람 머리가 날아가는 거 구경할 준비나 해."

엠마 진은 눈을 깜빡이며 살며시 자기 목에 손을 댔다.

점심시간을 마치는 벨이 울렸다. 삼삼오오 교실 안으로 들어가는 아이들을 보며, 엠마 진은 방금 전에 자기가 들은 것에 대해 곰곰이 생각해 보았다.

엠마 진의 예상과 달리, 로라는 지난 금요일 밤의 노여움에서 아직 헤어나지 못한 것 같았다. 하지만 로라가 아무리 소동을 일으킨다 해도 이미 일어난 긍정적인 결과를 바꿀 수는 없었다. 게다가 로라는 편지의 출처를 추적해 낼 만한 집중력이나 추리 능력도 없었다.

엠마 진은 책임자들을 찾아 목을 베어 버리겠다는 로라의 협박이 허풍이라고 결론을 내렸다.

엠마 진은 자기 곁에 친구가 많은 걸 행운으로 여겼다. 엄마도 엠마 진의 친구였다. 그리고 지금은 정신적인 소통만 하는 아빠 역시 친구였다. 요한센 아저씨도 친구이고, 앙리 또한 즐거운 동반자였다. 최근에 사귄 친구는 비크램인데, 6개월 전에 비크램이 이사를 오자 동네 분위기까지 달라진 것 같았다.

엠마 진의 집은 엠마 진이 가장 좋아하는 퀼트 이불처럼 모서리가 조금씩 닳아 있었다. 하지만 수백 년 된 다른 집들과는 달리, 방마다 햇빛이 잘 들고 비 오는 날에도 좋은 냄새가 났다.

엠마 진의 집은 근처 대학에서 세 구역밖에 떨어져 있지 않았다. 엄마는 커다란 방 두 개와 천장이 높은 목욕탕이 있는 3층을 좋은 값을 받고 세를 놓자고 했다. 그래서 엠마 진이 꼼꼼하게 글씨를 쓰고 꾸며 만든 광고를 엄마가 대학 기숙사 사무실의 광고판에 붙였고, 그 광고를 보고 제일 먼저 전화를 한 사람이 바로 비크램이었다.

비크램은 비 오는 날 저녁에 면접을 하러 왔다. 면접은 두 시간 넘게 계속되었는데, 비크램의 고상한 매너는 엠마 진과 엄마에게 훌륭한 인상을 남겼다. 단정한 옷, 깨끗하게 닦은 구두, 그리고 말끔한 손톱에서 그의 철저한 위생 감각을 엿볼 수 있었다. 비크램의 일과는 수업과 공부로 바쁘게 짜여 있어서 늦은 밤에 소란한 파티를 열 것 같지도 않았다.

비크램은 면접을 한 지 사흘 만에 이사를 왔다. 그리고 며칠 뒤에는 앞으로 자기가 매일 가족의 저녁 식사를 준비하겠다고 말했다.

그로부터 몇 주 뒤, 엠마 진은 학교 사물함에 있는 물건을 모두 부엌 식탁으로 옮겨 놓고 부엌에서 숙제를 했다. 카레와 마늘 소스, 김이 모락모락 오르는 쌀밥의 향긋한 냄새, 음식을 자르고 스튜를 저으며 조용하고 부드럽게 노래를 부르는 비크램 곁에 오래 있고 싶어서였다.

엠마 진의 엄마도 새로운 음식과 향기를 좋아했다. 언제부터인지 은행에서 일을 마치고 집으로 돌아온 엄마는 조금도 지쳐 보이지 않았다.

엄마는 코트를 벗으며 이렇게 묻곤 했다.

"이 향긋한 냄새는 뭐예요? 오늘은 또 어떤 맛으로 우리를 행복하게 만들 거예요, 비크램?"

스토브 위에서 보글보글 끓어오르는 달(인도에서 많이 먹는 콩, 또는 이 콩으로 만든 향이 진한 스튜—옮긴이)이나 파니르(숙성시키지 않은 인도식 치즈—옮긴이), 코르마(요구르트 혹은 크림에 담근 고기를 채소와 함께 푹 끓인 요리—옮긴이) 같은 인도 요리가 담긴 냄비를 들여다볼 때면 엄마 안경에도 하얀 김이 서렸다. 그날 일어난 일들을 얘기하며 느긋하게 식사를 하다 보면 저녁 식사는 종종 한 시간도 넘게 계속되곤 했다.

언젠가 비크램은 자기가 가르치는 학생들 이야기를 들려주어 엄마를 웃겼다. 너무 오랜만에 들어 본 해맑은 엄마 웃음소리에 엠마 진은 깜짝 놀랐다.

가끔 비크램은 어린 시절을 보낸 인도의 복잡한 도시 뭄바이에 대한 이야기도 들려주었다. 비크램의 이야기를 듣는 엠마 진의 머릿속에는 대서양과 인도양을 건너 인도의 해안이 시원스레 펼쳐졌다. 엠마 진은 비크램 가족의 집이 상상되었다. 안마당에서 자라는 커다란 망고 나무와 더운 날 사람들의 발을 시원하게 해 주는 시멘트 바닥, 그리고 달콤한 향기가 나는 재스민 덩굴이 벽을 타고 오르는 자그마한 문이 있는 집……. 이 모든 게 참으로 근사했다. 엠마 진은 꼭 한번 비크램의 집에 가 보고 싶었다.

그리고 매주 비크램에게 편지를 보내는 비크램의 어머니 애드와니 부인도 만나 보고 싶었다. 늘 비크램 가족의 소식이 궁금한 엠마 진은, 애드와니 부인의 편지가 우편함에 배달되는 날을 손꼽아 기다렸다. 편지 봉투에는 깃이 높은 셔츠를 입고 엄숙한 표정을 짓고 있는 인도의 유명 인사들, 그리고 널리 알려진 크리켓(영국에서 인도로 전해진 스포츠로, 두 팀이 공격과 수비를 번갈아 하며 방망이로 공을 쳐 경기장 중앙에 일정한 간격으로 세워 놓은 두세 개의 기둥 문을 쓰러뜨리는 경기—옮긴이) 선수들의 얼굴이 담긴 밝고 알록달록한 우표가 많이 붙어 있었다.

최근에 온 편지에는 젊은 여자의 사진이 한 장 들어 있었다. 옅은 갈색 피부에, 긴 속눈썹과 커다란 갈색 눈이 예쁜 여자가 살짝 미소를 짓는 사진이었다.

"누구예요?"

엠마 진이 물었다.

"자야반티 프라케시야."

비크램이 대답했다.

"아저씨 어머니가 이 여자 사진을 왜 보냈어요? 아저씨네 친척이에요?"

"아니. 어머니는 이 여자가 나의 부인으로 적당하다고 생각하셔."

"왜 그렇게 생각하시는데요?"

비크램은 애드와니 부인이 힌디 어로 쓴 편지를 엠마 진에게 영어로 바꾸어 읽어 주었다.

"……이 아가씨는 집안도 아주 좋아. 게다가 아가씨 어머니가 네 사촌 프라얌의 부인인 라야의 사촌이란다. 이 아가씨와 함께 차를 마셨는데, 고집도 세지 않고 명랑하더구나. 나는 네가 너무 고집 센 여자랑 결혼하는 걸 원하지 않거든. 물론 그렇다고 너무 순해서 자기 의견도 제대로 표현하지 못하는 사람과 네가 인생을 함께하길 바라지는 않는단다. 이 아가씨는 지나치게 순하지 않으면서도 분별력이 있고, 쾌활한 데다 말도 잘하더구나. 그리고 자기의 꿈이 생물학자라며 요즘 연구하는 세포에 대해서도 자세히 설명해 주었단다. 너랑은 아주 잘 통할 것 같구나."

비크램이 엠마 진에게 사진과 편지를 건넸다.

비크램이 이사 온 몇 주 뒤부터 엠마 진은 도서관에서 빌려 온 책으로 혼자서 힌디 어 알파벳을 공부했다. 이제는 힌디 어의 기본 글자들과 발음을 정확하게 읽고 쓸 수 있었다. 힌디 어 인사말인 '나마스테'를 앙리에게 알려 준 사람도 엠마 진이었다.

엠마 진은 자야반티 프라케시의 사진을 유심히 바라보며 물었다.

"이 여자를 전에 만난 적이 있나요?"

"아니. 만약 내가 이 여자에게 관심을 보이면, 다음에 집에 갈 때 어머니가 미리 약속을 잡으실 거야."

"아저씨는 꼭 이 여자랑 결혼해야 해요?"

"그렇지는 않아."

"그럼 이 여자가 아저씨 부인으로 적당한 것 같아요?"

비크램은 다시 사진을 쳐다보았다.

"글쎄, 그건 좀 생각을 해 봐야겠는걸."

앙리가 옆에서 삑삑거리자 비크램이 앙리에게 밥을 몇 알 주었다.

"아저씨는 어떤 여자랑 결혼하고 싶어요?"

비크램은 냉장고 문을 열고 매리네이드(식초, 포도주, 향신료를 섞어 만든 소스—옮긴이)가 듬뿍 뿌려진 닭다리가 담긴 유리그릇을 꺼냈다.

"강한 여자."

싱크대에 그릇을 내려놓으며 비크램이 말했다.

"친절하고 똑똑하고 호기심이 많지만, 현명한 여자. 나는 내가 존경하고 좋아하는 사람과 결혼하고 싶어."

비크램은 물이 담긴 냄비에 진주 빛의 쌀을 한 컵 부은 다음 냄비를 스토브 위에 올렸다.

"그리고 관대한 마음을 가진 사람. 무엇보다 중요한 건 나와 함께 많은 이야기를 나눌 수 있는 사람이어야 하지."

부엌은 고요하고 평온했다. 냄비 속에서 바스마티 쌀(길쭉하고 향기로운 인도산 쌀—옮긴이)이 부글부글 끓어오르며 달콤한 냄새를 풍겼다. 비크램은 시금치와 양파를 썰어서 오븐에 넣었다.

엠마 진은 비크램이 요리하는 모습을 가만히 바라보다 입을 열었다.

"자야반티는 아저씨에게 맞지 않아요. 그 여자는 아저씨를 기쁘게 하지 못할 거예요."

"왜 그렇게 생각하는데?"

짙은 눈썹을 올리며 비크램이 물었다.

"그 여자는 말이 많은데, 아저씨는 가끔씩 조용한 걸 좋아하잖아요."

"맞아, 그건 사실이야."

"그리고 대화를 할 때 아저씨는 과학에 대한 얘기를 하고 싶은 게 아니잖아요. 아저씨는 책이나 요리, 인도에 대해 말하는 걸 좋아하잖아요. 그런데 그 여자는 생물학자라서 아저씨와 주로 과학에 대한 얘기를 나누고 싶어 할 거예요. 그러면 아저씨는 그 대화를 지루하게 느끼겠지요."

비크램이 고개를 끄덕였다.

"아주 흥미로운 생각이구나."

엠마 진은 애드와니 부인이 대양을 둘이나 건너야 하는 먼 곳에 살고 있기 때문에 비크램에게 알맞은 여자를 찾으려면 자기 도움이 필요하다고 생각했다. 콜린과 페트로스키 선생님의 문제를 능숙하게 해결한 자기보다 비크램을 잘 도와줄 만한 사람은 없을 듯싶었다.

비크램에게 알맞은 신붓감을 찾는 문제는 그다지 어려울

것 같지 않았다. 비크램처럼 높은 지성과 훌륭한 요리 실력, 청결한 위생 습관까지 갖춘 남자에게 관심을 갖는 여자는 많을 테니까.

"아저씨가 저에게 원하는 여자에 대해 말해 줬으니까, 아저씨가 결혼할 상대를 제가 찾아 드릴게요."

"정말?"

눈썹을 더 높이 올리며 비크램이 물었다.

"네."

"음, 벌써부터 기다려지는걸."

10

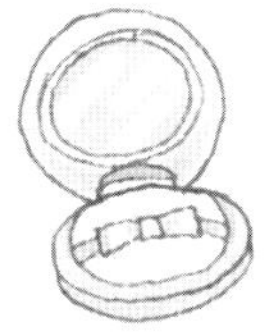

'엠마 진이 로라에게 편지를 썼을까?'

콜린은 머리를 흔들며 풀고 있던 수학 문제에 집중하려 애썼다.

'아, 정말 엠마 진이 썼으면 어떻게 하지?'

연필을 책상에 대고 너무 세게 누르는 바람에 연필심이 부러져 콜린의 어깨 위로 날아와 떨어졌다. 콜린은 책가방에서 다른 연필을 꺼내며 숨을 깊이 들이마셨다.

'아냐, 엠마 진이 그런 편지를 썼을 리가 없어. 그건 정말 말도 안 돼.'

콜린은 수학 문제를 뚫어져라 바라보았다. 어젯밤에 푼 연습 문제는 다 맞았다. 하지만 지금은 숫자들이 종이 위에서 모기 떼처럼 이리저리 날아다니는 것 같았다.

'엠마 진이 했어! 아냐, 안 했어.'

콜린은 눈을 감고 머릿속을 괴롭히는 생각들을 떨치려 애썼다. 하지만 생각들은 콜린의 두개골에 있는 비밀의 문을 뚫고 계속해서 살금살금 기어 나왔다. 머리가 터져 버릴 것 같았다. 무슨 방법을 찾아야만 했다.

콜린은 간신히 수학 문제를 다 푼 다음, 편지 한 통을 써서 엠마 진의 사물함에 넣었다.

엠마 진에게

안녕! 잘 지내니? 내 물음에 대한 너의 대답이 '아주 좋아.'였으면 좋겠어!

우리 오늘 얘기 좀 할 수 있을까? 로라와 스키 여행에 대해 너하고 할 얘기가 있거든. 시간이 되면, 축구장 제일 끝에 있는 벤치에서 만나자. 내가 3시 10분까지 기다릴게. 하지만 못 오더라도 걱정은 하지 마. 어차피 수업 끝나면 난 할 일이 없거든!

그럼 좋은 하루 보내.

콜린

축구장을 가로질러 걸어오는 엠마 진을 보며 콜린은 침착하자고 마음속으로 되뇌었다. 콜린은 엠마 진에게 편지를 썼느냐고 담담히 물어볼 것이고, 그러면 엠마 진은 "당연히 안 썼지, 바보야!"라고 대답하거나, 아니면 그런 뜻이 담긴 대답을 엠마 진답게 할 것이다. 그러니 모든 게 괜찮을 거라고 콜린은 스스로를 달랬다.

"엠마 진, 안녕!"

콜린은 자기 목소리가 평소와 다름없게 들리길 바랐다. 하지만 마음과는 달리 목소리는 더없이 절박하게 들렸다.

엠마 진이 고개를 끄덕이며 콜린의 볼을 가리켰다.

"그게 뭐야?"

"뭐가?"

콜린은 얼른 자기 얼굴에 손을 대 보았다.

'볼에 뭐 이상한 게 붙어 있는 걸까?'

"그 반짝이는 물질 말이야. 볼에 붙어 있는 그것 때문에 따갑지는 않니?"

"아! 엠마 진, 이건 그냥 화장이야! 넌 내가 화장한 것도 몰랐구나! 한번 볼래?"

콜린은 히죽 웃으며 가방을 열더니 발레리가 디즈니랜드로 여행을 다녀올 때 선물로 사다 준 보라색 화장품 주머니를 꺼냈다. 반짝이 파우더 병은 주머니 제일 위에 놓여 있었다.

콜린은 파우더 병을 열어 엠마 진에게 내밀었다.

"너도 한번 발라 봐. 화장을 약간만 하면 넌 굉장히 예뻐 보일 거야. 아, 기분 나쁘게 듣지는 마. 네가 지금 예쁘지 않다는 말이 아니야! 넌 지금도 정말 눈부셔! 하지만 화장을 하면 훨씬 더 예뻐지거든."

콜린의 엄마는 콜린이 화장을 진하게 하는 것을 싫어했다.

하지만 콜린은 외출할 때마다 립글로스를 바르고 볼터치도 약간 했다.

엠마 진이 고개를 저었다.

"난 화장에 관심이 없어."

"정말?"

콜린은 속으로 생각했다.

'반짝거리는 내 볼을 좋아하지 않는다는 뜻일까? 아니면 화장한 내 모습이 보기 흉하다는 걸까? 아니야. 엠마 진은 남을 놀리거나 기분 나쁘게 만들려고 야비한 말을 하는 아이가 아니잖아. 엠마 진은 자기 생각을 정확하게 말로 표현하기 때문에, 듣는 사람이 그 말에 담긴 다른 뜻을 알아내기 위해 몇 시간씩, 때로는 며칠씩 궁금해하지 않아도 된다고.'

이렇게 생각하자 콜린은 안심이 되었다. 엠마 진은 화장에 관심이 없다고 했을 뿐 화장한 콜린이 보기 흉하다고 말하지는 않았다. 그러니 걱정할 필요가 전혀 없었다.

반짝이 파우더를 도로 주머니에 넣으며 콜린은 진짜 궁금한 것을 물었다.

"엠마 진, 내가 널 만나고자 한 이유는…… 너 혹시 로라에게 무슨 일을 했어?"

"무슨 일을 했다는 게 무슨 말이야?"

"나도 모르겠어……. 그냥 혼자 생각해 본 건데, 내가 전에 화장실에서 로라와 케이틀린의 문제에 대해 너한테 얘기

했잖아. 그 뒤…… 아무 일도 하지 않았지, 응?"

"아니, 했어."

콜린은 두 눈을 깜빡거리며, 떨리지 않는 목소리로 말하려고 애를 썼다.

"뭘, 뭘 했는데?"

"내가 로라한테 그 편지를 썼어. 지난번에 로라가 너희에게 보여 준 거."

"어머, 세상에……. 어머…… 어머, 이를 어째!"

콜린은 풀밭에 주저앉으며 한숨을 내뱉었다. 콜린은 작년 호박 축제에서 빙글빙글 도는 놀이 기구를 타고 내린 다음처럼 토하지 않기를 바랐다. 그날 토한 사건은 콜린의 생애에서 가장 치욕스러운 10대 사건 중 하나였다.

"네가 정말 그 편지를 썼다고?"

"응."

그럴 수 있을 거라고 콜린도 예상은 했다. 그럼 무엇 때문에 콜린은 이렇게 놀라는 걸까?

콜린은 모든 일에 생각과 걱정이 많아 마음속으로 끙끙 앓는 성격이었다. 사회 시험을 망칠까 봐, 새로 산 청바지를 입으면 뚱뚱해 보일까 봐, 아니면 자기 입에서 계란 샐러드 냄새가 날까 봐 늘 걱정을 했다. 하지만 이런 걱정과 고민은 대부분 괜한 것이었다.

콜린은 알고 있었다. 사실은 자기가 그렇지 않다는 것을.

자기가 사회 시험에서 수를 받고, 새로 산 청바지를 입은 모습이 예쁘고, 자기 입에서 향긋한 민트 향이 난다는 걸 이미 알고 있었다. 마음속 깊은 곳에서는 모든 게 잘될 거라고 믿고 있었기에 콜린의 염려는 진심으로 하는 걱정과는 달랐다. 하지만 이번 일은 그렇지 않았다.

"엠마 진, 도대체 왜 그랬어?"

"네가 내 도움이 필요하다고 말했으니까."

"그렇지만, 네가 그렇게 할 거라고는…… 정말 예상하지 못했어."

"그 편지를 보낸 건 성공적이었어. 덕분에 너도 스키를 타러 갔잖아."

"그래, 맞아. 하지만…… 만약 로라가 알게 되면 어떻게 해? 네가…… 나를 위해 그 편지를 썼다는 걸 로라가 알면 어떻게 하지? 로라가 뭘 좀 아는 것 같아서 말이야. 로라는 내가 무슨 일을 했을 거라고 생각해. 그래서 나한테 정말 못되게 굴어. 내 말은, 보통 때보다 더 못되게 군다는 거야. 만약 로라가 알게 되면, 로라는 내가 너를 시켜서 했다고 생각할 테고, 그러면 그 애는 정말, 정말 펄쩍펄쩍 뛸 거야. 엠마 진, 내가 이 일과 관련이 있다는 사실을 로라가 아는 날에는…… 정말 끔찍할 거야. 로라는……."

로라가 자기에게 할 무서운 짓들을 생각하지 않기 위해, 콜린은 두 눈을 꼭 감았다.

엠마 진이 입을 열었다.

"로라한테 말하지 않을게."

"나도 알아! 네가 절대로 말하지 않을 거라는 건 나도 알아. 하지만 로라는 보기보다 똑똑해. 로라가 이 사실을 다 알아낼까 봐 나는 너무 걱정이 돼."

"내 생각엔 그럴 거 같지 않은데."

엠마 진의 말에 콜린은 고개를 끄덕였다. 하지만 몸이 젤리로 변해 축 늘어지는 기분이었다. 얼마 전, 비록 잠시였지만 로라가 자기에 대해 어떻게 생각하는지 조금도 신경 쓰지 않던 그 짧은 순간의 느낌을 되찾고 싶었다. 하지만 그런 순간은 무설탕 풍선껌의 향기만큼도 오래가지 못했다.

콜린은 겁에 질렸다. 당장 지구를 떠나는 게 나을지도 모른다는 생각이 들었다. 바들바들 떨며 간신히 일어서는 콜린을 엠마 진이 잡아 주었다.

콜린은 입술을 깨물었다. 너무 세게 깨무는 바람에 과일 향이 나는 립글로스 사이로 피 맛이 느껴졌다. 그대로 기절할 것만 같았다.

엠마 진을 쳐다보며 콜린은 생각했다.

'이 아이는 왜 그런 일을 했을까?'

"뭐 하나 물어봐도 돼?"

엠마 진이 물었다.

콜린은 고개를 끄덕였다.

"너는 왜 로라를 무서워해?"

콜린은 웃고 싶었지만 웃음이 나오지 않았다.

"나는 그 애를 무서워하지 않아."

"아니, 넌 무서워해. 너는 로라라는 이름만 들어도 기가 죽어서 눈을 내리깔잖아."

"그건 무서워서가 아니라, 로라가…… 너무 못되게 굴어서 그래."

"그렇다고 로라가 너에게 상처를 주지는 않잖아."

"아니야, 로라는 그럴 수 있어. 그 앤 정말 그럴 수 있어."

"어떻게 그럴 수 있어? 로라가 폭행을 저지르는 사람은 아니잖아."

"넌 이해하지 못할 거야. 로라는……."

콜린이 헤어스타일을 바꾸거나 새로 산 신발을 신고 학교에 와도 절대로 예쁘다고 말하지 않는 아이. 감자 칩 봉지를 내밀며 "네가 먹고 싶은 만큼 가져가."라는 말을 한 번도 한 적이 없는 아이. 쳐다보기만 해도 주눅이 들어 콜린을 하찮은 벌레로 느껴지게 만드는 아이. 더 심하게는 존재감조차 들지 못하게 만들어 버리는 로라에 대해, 콜린이 어떻게 설명할 수 있단 말인가. 그럼에도 불구하고 모든 아이가 로라와 친구가 되고 싶어 안달이었다. 로라에게는 이상하게도 그렇게 만드는 힘이 있었다.

생각이 여기까지 미치자, 콜린은 도무지 뭐가 뭔지 알 수 없었다. 그냥 사실이 그랬다.

콜린은 풀밭을 응시하며 고개를 저었다.

"모르겠어……. 난 정말 모르겠어."

"너 혹시 침팬지에 대해 아는 거 있니?"

"침팬지?"

"침팬지는 사람과 닮은 점이 아주 많아. 침팬지의 세계에서는 몇 마리가 전체 무리를 지배하지. 이 몇몇의 지배자를 알파 침팬지라고 불러. 알파 침팬지들은 협박을 통해 무리의 지배권을 얻어. 이를 드러내거나 가슴을 두들기면서 다른 침팬지들을 위협해 통제권을 얻는 거지."

"참 흥미롭다. 그런데 지금 왜 그 얘기를 하는 거야?"

"네가 로라를 알파 침팬지라고 생각하니까."

"뭐? 우린 침팬지가 아니라 사람이잖아."

"바로 그거야. 우리는 침팬지가 아니니까 아무리 로라가 협박하는 투로 말하고 위협적으로 행동하더라도 그 애가 정말로 우리에게 해를 끼칠 수는 없어. 우린 정글에 사는 침팬지가 아니라, 문명사회에 살고 있는 사람이니까."

콜린의 심장이 두근두근 뛰었다. 콜린은 엠마 진이 하는 이야기에 도무지 정신을 집중할 수가 없었다. 지금 자신의 인생이 망가지고 있는데, 왜 엠마 진은 침팬지 따위에 대해 얘기하는 걸까.

모든 게 엉망진창이었다. 그것도 끔찍하게 엉망진창이었

다. 콜린은 집에 가야 했다. 엄마는 콜린이 늦게 오는 걸 좋아하지 않았다. 지금쯤 엄마는 콜린을 기다리고 있을 것이다. 콜린은 오늘 성당 청소년부의 기금을 모으러 엄마와 함께 상점에 가기로 약속을 했다.

인생이 망가진다고 해서 자기를 의지하고 기다리는 집 없는 가족들에 대한 책임을 저버릴 수는 없었다. 다른 사람들이 겪고 있는 많은 문제와 비교해 볼 때, 콜린의 문제는 정말로 보잘것없고 하찮은 일이었다. 아빠를 잃은 엠마 진만 봐도 분명했다. 콜린도 이런 사실을 알고 있었다. 정말 잘 알고 있었다! 그런데 왜 자꾸 자기 문제만 크게 느껴지는 걸까?

울고 싶은 마음을 꾹 참으며 콜린은 엠마 진에게 환하게 미소를 지었다.

'엠마 진은 진심으로 나를 도와주려고 그랬을 거야. 다만 사정을 제대로 이해하지 못하고 있을 뿐이야.'

이렇게 생각하자 콜린은 엠마 진에게 화를 낼 수 없었다.

11

다음 날 오후, 엠마 진이 옆문을 통해 학교 밖으로 나가려는데, 페트로스키 선생님 목소리가 들려왔다. 무슨 문제가 생겼는지 선생님의 목소리는 잔뜩 화가 나 있었다.

엠마 진은 선생님 목소리를 따라 체육관 쪽으로 걸어갔다. 엠마 진의 짐작이 맞았다. 선생님은 체육관 입구에 서서 월에게 소리를 지르고 있었다.

남들보다 턱이 좀 더 발달한 페트로스키 선생님의 옆모습이 또렷이 보였다. 선생님과 월이 자기가 온 것을 알아채지 못하도록 엠마 진은 한 걸음 뒤로 물러서서 귀를 기울였다.

"너한테는 학교 규칙이 우습지? 너는 학교 규칙을 어겨도 된다고 생각하지?"

"그렇지 않아요, 선생님,"

페트로스키 선생님만큼이나 키가 큰 월이 대답했다.

“선생님이 저를 왜 그렇게 생각하시는지 잘 모르겠어
요…….”

“오늘 나를 모욕한 벌로 네 학기 말 점수에서 20점을 깎겠
다. 잘 기억해 둬.”

“하지만 선생님, 그건 제가 한 게 아니라니까요! 정말 말
도 안 돼요. 20점이나 깎으시면, 제 점수는…….”

“20점이 내려가면, 어디 보자…… 61점, 양이네.”

“그건 절대로 안 돼요! 과학에서 양을 받으면 전 부모님한
테 맞아 죽어요! 봄 방학 때 가기로 한 농구 캠프도 못 갈 거
예요! 이건 너무 불공평해요!”

“불공평하다고? 뭐 그렇게 느낄 수도 있겠지. 하지만 이
일에 대해 네가 할 수 있는 건 아무것도 없을걸!”

선생님은 냉정하게 말하고는 가 버렸다.

월은 체육관 앞에 움직이지 않고 서 있었다. 코를 훌쩍거
리는 월의 울음소리가 작게 들려왔다.

엠마 진은 벽을 보고 서 있는 월에게 다가갔다.

“내가 도와줄까?”

월이 몸을 돌려 뒤를 돌아보았다. 처음에는 화가 난 듯 노
려보는 얼굴이었지만, 곧 고개를 폭 숙이며 중얼거렸다.

“아, 엠마 진.”

“너 아주 많이 상심한 것 같다.”

“오늘 어떤 애가 뚱뚱한 남자를 칠판에 그려 놓고 그 밑에

'돼지 트로스키'라고 써 놓았어……. 그런데 페트로스키 선생님은 그걸 그린 사람이 나라는 거야. 정말 억울하다고. 나는 그렇게 초등학생 같은 한심한 짓은 안 하거든. 그리고 난 그림을 잘 그리지도 못해."

"그래, 나도 알아. 지난 학기 미술 시간에 내가 네 맞은편에 앉았잖아."

"그랬어?"

"응."

"알겠어. 그럼, 난 가야 하니까, 이제……."

"너랑 페트로스키 선생님 사이에 무슨 문제가 있는지 내가 알아."

"그게 무슨 말이야?"

"며칠 전 식당에서 페트로스키 선생님이 라이트 선생님에게 하는 얘기를 들었어. 페트로스키 선생님은 사물함에서 초콜릿을 훔친 도둑이 너라고 생각해."

"뭐라고? 그게 도대체……."

"선생님 사물함에 있던 초콜릿 몇 개가 없어졌는데, 선생님은 네가 과학 시간에 초콜릿 먹는 것을 보았대."

"그 초콜릿은 지난주 밸런타인데이에 어떤 애가 나도 모르게 내 가방에 넣은 거야! 진짜야! 심심해서 하나 먹어 보았는데, 맛이 완전 쓰레기였어. 그래서 수업 끝나고 바로 상자째 버렸다고."

"다행히 네가 기뻐할 만한 소식이 있어. 이제는 페트로스키 선생님도 사실을 알아. 초콜릿을 훔친 범인이 생쥐였거든. 하지만 선생님은 여전히 너를 좋지 않게 생각하고 있어. 내가 보기에는 선생님이 너에 대한 부정적인 느낌을 애써 숨기는 것 같아."

"왜? 내가 선생님에게 무슨 잘못을 했는데?"

"너는 아무 잘못도 하지 않았어."

엠마 진은 일단 윌을 안심시켰다. 그리고 차분한 목소리로 말을 이었다.

"내 생각에 이 문제는 선생님이 타고 다니는 캐딜락 자동차와 연관이 있는 것 같아. 선생님이 킬러 캐딜락 서비스 센터에서 아주 불친절한 서비스를 받았나 봐. 페트로스키 선생님이 라이트 선생님한테 불평하는 소리를 들었거든."

"너 지금 무슨 말을 하는 거야? 그게 나랑 무슨 상관이 있는데?"

"너희 아빠께 이 사실을 말씀드려서 고객 서비스를 개선해야 할 것 같아."

"우리 아빠는 그 서비스 센터와 아무 상관이 없어. 우리 아빠는 정원사거든. 그곳을 운영하는 사람은 우리 삼촌이야. 그 삼촌은 정말 돈밖에 모르는 속물이지. 우리 아빠는 그 삼촌과 얘기도 잘 안 해. 길거리 게시판에 붙어 있는 광고만 아니라면, 나도 그 삼촌을 떠올릴 일이 없을 텐데."

“그렇다면 참 운이 나쁘구나.”

엠마 진은 이렇게 말하며 잠시 윌을 관찰했다. 윌의 눈빛은 집에 있는 사전의 겉장과 같은 옅은 하늘색으로 아름다웠다. 아주 잠깐, 엠마 진은 중세의 기사처럼 하얀 말을 타고 달리는 윌을 상상했다.

체육관 밖으로 걸어가며 윌이 말했다.

“나중에 보자.”

“네가 원한다면, 이 문제를 풀도록 내가 도와줄 수 있어.”

“너 지금 농담하는 거야?”

“아니, 난 아주 진지해.”

윌이 피식 웃었다.

“그래? 네가 그래 주면 나야 당연히 좋지.”

그러면서 윌은 두 손으로 엠마 진의 어깨를 잡고 자기 쪽으로 돌려 세웠다. 보통 때 엠마 진은 잘 알지 못하는 사람이 자기 몸에 손을 대는 걸 싫어했다. 하지만 지금 자기 어깨에 놓인 윌의 손길은 부드럽고 느낌이 나쁘지 않았다.

“넌 도대체 누구야? 네가 그 대단한 낸시 드루(영화와 책에 등장하는 여학생 탐정—옮긴이)라도 되는 거야?”

“뭐라고?”

윌은 고개를 살짝 저으며 중얼거렸다.

“명탐정 낸시 드루!”

앞서 걸어가는 윌의 웃음소리가 복도에서 메아리쳤다.

콜린과 케이틀린은 세인트 메리 성당 놀이터에서 콜린의 엄마를 기다리는 중이었다.

성당의 청소년부 학생들은 오후에 몇 시간 동안 집 없는 사람들을 위해 화장품 도구를 모으는 작업을 했다. 집이 없다고 해서 외모에도 신경을 쓰지 말아야 하는 건 아니었다. 학생들이 일을 다 마치자 윌리엄 신부님은 학생들을 한 사람씩 안아 주며 정말 자랑스럽다고 말씀하셨다.

콜린은 미소를 지었다. 성당에 있으면 콜린은 언제나 행복하고 안전했다. 하지만 지금처럼 이렇게 밖에 있으면 다시 두려워졌다. 살랑거리는 바람조차 앞으로 일어날 무서운 일을 경고하는 것처럼 느껴졌다.

로라는 하루 종일 못되게 굴었다. 평소처럼 콜린을 무시해 버리는 정도가 아니었다. 문학 시간에 라이트 선생님이 하퍼 리의 소설인 《앵무새 죽이기》에 대해 설명하고 있는데, 로라가 콜린을 노려보았다. 콜린이 웃으며 손을 흔들었지만, 로라는 콜린의 이마에 구멍이라도 뚫으려는 듯 두 눈에서 레이저 광선을 쏘아 댔다.

케이틀린은 로라가 체육 시간에 한 얘기를 전해 주었다.

"로라가 우리 스키 여행이 어땠냐고 물어봤어. 정말 재미있었냐고 물어보던데? 로라는 네가 자기를 스키 여행에 못 가게 하려고 무슨 속임수를 쓴 게 아닌지 궁금해하더라."

"그건 너무 심하다. 편집증 아냐?"

콜린은 무심한 듯 말했다. 하지만 사소한 것까지 일일이 신경 쓰는 콜린이 그런 말을 무시하기란 쉽지 않았다.

콜린은 엠마 진과 편지에 대한 이야기를 케이틀린에게 털어놓고 싶었다. 케이틀린은 모두 이해할 것 같았다.

두 사람은 산으로 오르는 리프트에 나란히 앉아 함께 노래를 불렀고, 스노보드를 타는 귀여운 남자아이 뒤를 따라 스키를 타고 내려가며 자기들이 스위스에 있다고 상상했으며, 빨간색과 옅은 핑크색으로 번갈아 발톱을 칠하며 정말 즐거운 시간을 보냈다.

콜린은 케이틀린이 자기의 비밀을 절대로 말하지 않을 거라고 생각했다. 만약 케이틀린이 얘기를 한다면, 그건 누군가 케이틀린의 고양이 몬티를 해치려 드는 것처럼 위급한 이유가 있기 때문일 것이다.

하지만 콜린은 엠마 진이 곤란해지는 걸 원하지 않았다. 생각해 보면 자기가 엠마 진에게 속마음을 털어놓은 것도 이상한 일이었다. 그때는 자기가 그만큼 절박했기 때문이리라.

“맞아, 로라는 정말 편집증 환자 같아. 있잖아, 네가 최근에 컴퓨터 수업을 받은 적이 있느냐고까지 물어보더라니까.”

콜린의 어깨와 부딪힐 정도로 가까이 그녀를 잡아끌며 케이틀린이 말했다.

콜린은 심장이 몸 밖으로 빠져나가는 것 같았다. 심장이 그녀 앞의 모래밭으로 떨어져 지구 속의 모든 층을 통과한 다음, 우주 속으로 날아가는 것만 같았다.

"그걸 왜 물어보았을까?"

무심한 말투와는 반대로 콜린의 목소리는 몹시 떨렸다.

"나도 모르겠어. 난 그냥 네가 컴퓨터하고는 거리가 멀다는 말만 했어. 참, 내 말을 기분 나쁘게 듣지는 말고."

"당연하지. 그러니까 걔가 뭐래?"

"그게 다야."

"그 애는 왜 갑자기 나한테 그렇게 관심이 많은 거야? 전에는 그런 적이 없잖아."

"네가 예쁘니까 질투가 나서 그러는지도 모르지."

콜린은 케이틀린의 말이 사실이 아님을 알고 있었다. 하지만 케이틀린이 그냥 한 말이라도 콜린에게는 적잖이 위로가 되었다.

"모두 내 잘못이야. 내가 로라를 초대하지 말았어야 했어. 도대체 내가 왜 그랬을까?"

케이틀린의 목소리도 약간 떨렸다.

"케이틀린, 네 잘못이 아니야. 자책하지 마! 로라는 그런 힘이 있는 아이야. 로라는…… 꼭 여왕 침팬지 같아."

"뭐라고?"

케이틀린이 뜨악한 눈초리로 콜린을 바라보았다.

"너도 알다시피, 로라는 자기가 원하는 건 무슨 수를 써서라도 다른 사람들이 하도록 만들잖아."

“그래, 우리 둘이 제일 친한 친구인 걸 알고 질투하는 게 분명해.”

케이틀린이 콜린의 어깨에 머리를 살짝 기댔다.

두 사람은 한동안 그렇게 앉아 있었다. 우주로 날아갔던 콜린의 심장이 지구의 여러 층을 뚫고 다시 콜린의 가슴속으로 돌아왔다.

12

월이 먼저 엠마 진에게 자기 문제를 해결할 수 있도록 도와 달라고 부탁을 하지는 않았다. 하지만 그렇다고 해서 월을 돕고 싶은 생각을 무시할 필요까지는 없었다. 월에게는 자기도 모르는 심각한 문제가 있었다. 그리고 또 다른 몇 가지 이유 때문에 엠마 진은 자기가 월의 문제를 충분히 해결할 수 있으리라 믿었다.

게다가 분명하지는 않아도 월이 엠마 진의 도움을 필요로 한다는 징조들이 있었다.

예를 들면, 아까 두 사람이 헤어질 때 월은 웃으며 갔다. 그런 행동은 문제를 해결하도록 도와주겠다는 엠마 진의 제안을 월이 반긴다는 사실을 암시했다.

또한 월은 엠마 진을 가리키며 낸시 드루를 언급했다. 낸시 드루와 비교되는 것은 과찬이었다. 하지만 어쩌면 월은 엠마 진의 뛰어난 관찰력과 분석력이 전설적인 탐정 낸시 드루와 비슷하다고 느꼈을지도 모른다.

게다가 월은 엠마 진의 도움을 받지 않겠다고 말하지도 않았다. 월이 도움을 거부할 이유는 없었다. 엠마 진이 도움을 주어서 결과가 긍정적이면 월은 당연히 기뻐할 것이고, 성공하지 못하더라도 엠마 진에게 고마워할 것이다.

엠마 진은 월의 문제를 자기가 해결해야겠다고 굳게 마음먹었다.

지난번 콜린의 문제를 풀 때처럼, 엠마 진은 책상 앞에 앉아 공책을 펼쳐 놓고 생각을 집중했다.

페트로스키 선생님은 킬러 캐딜락 서비스 센터 직원들이 선생님에게 불친절했기 때문에 화가 나서 일부러 월을 혼냈을까? 엠마 진은 그렇지 않길 바랐다. 학교 선생님들이 그런 식으로 행동하리라고는 믿고 싶지 않았다.

페트로스키 선생님은 킬러 캐딜락 서비스 센터에서 생긴 여러 가지 불쾌한 문제 때문에 합리적으로 생각할 수 없을 만큼 열을 받은 게 틀림없다. 그래서 화가 난 상태에서 월이 초콜릿을 훔치고 저속한 그림을 그렸을 거라고 스스로에게 억지 최면을 걸었을 것이다.

그렇다면 문제의 본질은 명백했다. 월의 문제를 해결하기 위해서는, 월과는 아무 상관도 없는 페트로스키 선생님의 문제를 먼저 해결해야 했다.

엠마 진은 전략을 궁리하고 나서 컴퓨터 책상으로 자리를 옮겨, 캐딜락 자동차 회사의 웹 사이트에 들어갔다. 그리고 회사 고위 간부들의 명단 가운데 전 세계 고객 서비스 총괄 부서 책임자인 케빈 켈리라는 이름을 찾아냈다. 그런 다음 캐딜락 로고를 쿼크 익스프레스 프로그램에 저장해 놓고 진짜 캐딜락 편지지처럼 보이는 편지지를 만들었다.

엠마 진은 캐딜락 회사의 고객인 필 페트로스키 씨의 자동차를 즉시 제대로 수리해 놓으라는 엄중한 편지를 썼다. 그리고 윌이 자기 삼촌에 대해 언급한 정보("돈밖에 모르는 속물이지.")를 떠올리며, 그에 맞게 편지의 내용을 구성했다.

……전 세계 고객 서비스 총괄 부서에서는 자동차의 품질과 고객 서비스 면에서 세계 최고를 자랑하는 우리 캐딜락의 명성을 위태롭게 하는 서비스 센터의 직원들을 절대로 간과하지 않을 것입니다. 우리의 소중한 고객인 필 페트로스키 씨의 문제가 즉시 해결되지 않으면, 우리는 킬러 캐딜락 서비스 센터에 금전적인 배상을 요구할 것입니다.

엠마 진은 편지를 두 번이나 꼼꼼히 읽어 보았다. 그리고 자기가 쓸 수 있는 가장 남성적이고 권위 있는 필기체로 '케빈 켈리' 라고 사인을 했다. 그런 다음 캐딜락 회사의 편지 봉투를 정성스레 만들고, 전화번호부에서 킬러 캐딜락의 주소도 찾아냈다.

편지를 부치고 집으로 돌아오자 오후 다섯 시가 되었다. 엠마 진은 자기 어깨 위에서 평화롭게 잠들어 있는 앙리를 바라보며 차를 한 잔 마신 뒤 사과를 먹었다.

13

최근에 좀 바쁘기는 했지만, 엠마 진은 비크램의 신붓감을 찾아보겠다고 한 약속을 잊지 않았다. 사실 엠마 진의 머릿속에는 이미 아주 유력한 후보 한 사람이 있었다.

엠마 진은 점심시간에 라이트 선생님 반 앞의 복도에서 서성거렸다. 식당의 점심 당번이 아닌 날이면 라이트 선생님은 집에서 싸 온 샌드위치를 먹고 책을 읽으며 점심시간을 교실에서 혼자 보내곤 했다.

엠마 진은 자기가 가장 좋아하는 라이트 선생님이야말로 비크램에게 꼭 어울리는 성품의 소유자라고 확신했다. 비크램처럼 라이트 선생님도 혼자만의 조용한 시간을 즐겼다.

선생님은 책 읽기를 좋아해서 일주일에 두세 번은 학교 도서관에서 빌린 소설책이 몇 권 삐져나온 가방을 어깨에 메고 학교에 왔다. 또 선생님은 더할 나위 없이 깔끔한 분이었다.

게다가 도무지 통제가 되지 않는 7학년 아이들을 다루는 솜씨를 보면, 라이트 선생님이야말로 비크램이 찾고 있는 강인한 사람임이 분명했다.

오늘 엠마 진은 라이트 선생님이 비크램의 두 가지 요구 사항을 만족시킬 수 있는지 확인할 작정이었다. 비크램의 신부가 될 사람은 다양한 주제를 놓고 비크램과 대화를 나눌 수 있어야 하고, 인도 음식을 좋아해야 한다. 물론 비크램은 자기 아내가 될 사람이 꼭 카레를 좋아해야 한다고 구체적으로 말하지는 않았다. 간단히 정리하자면, 비크램과 결혼할 사람은 그저 그가 요리한 다양하고 맛있는 음식을 고마운 마음으로 먹기만 하면 되는 것이다.

엠마 진은 교실 문을 두드렸다. 라이트 선생님이 고개를 들고 엠마 진을 바라보더니 미소를 지으면서 들어오라고 손짓을 했다.

"수업 내용 중에 뭐 질문이 있니? 참, 로버트 프로스트의 시에 대해 쓴 네 에세이를 읽고 점수를 매겼어. 정말 잘 썼더구나."

선생님은 두 손에 붙은 샌드위치 부스러기를 갈색 종이봉투 안으로 털며 말했다.

"고맙습니다."

"네 글을 보니까 로버트 프로스트를 존경하는 것 같던데?"

"네, 로버트 프로스트는 매우 훌륭한 시인이었어요."

엠마 진은 로버트 프로스트에 대한 글을 쓰는 게 조금도 어렵지 않았다. 뉴햄프셔의 겨울을 관찰한 그의 기록을 읽다 보면, 자기가 그 시인과 똑같은 눈으로 세상을 보고 있다는 느낌이 들었다.

"나도 그의 시를 좋아해."

"선생님은 시를 좋아하세요?"

엠마 진은 만약 선생님이 시에 관심이 있다면 다른 여러 분야에도 관심이 있을 거라고 생각했다.

"그럼, 여러 종류의 시를 좋아하지. 요즘에는 주로 현대 시인들의 시를 읽고 있어."

선생님은 겉장이 얇은 종이로 덮인 책을 가방에서 꺼냈다.

"메리 올리버의 시집이야. 빌려 줄 테니 읽어 볼래?"

엠마 진은 고개를 저었다. 요즘은 할 일이 너무 많았다. 만약 라이트 선생님이 비크램과 결혼을 하면 선생님의 시집을 빌려 읽을 시간은 앞으로도 충분할 것이다. 엠마 진은 두 사람이 결혼한 뒤 자기 집 3층에서 살기를 바랐다. 그러면 선생님에게 책을 빌리기도 편리할 테니까.

엠마 진은 가방에서 보온 도시락을 꺼냈다. 오늘은 평소와 달리 도시락에 수프 대신 치킨 카레와 렌즈 콩이 들어 있었다. 엠마 진은 종이컵과 숟가락도 미리 준비해 왔다. 그런데 맛보기로 조금 드리기 위해 보온병의 뚜껑을 열자마자 선생님이 말했다.

"이거 카레 냄새니? 어머, 내가 가장 좋아하는 음식이야! 대학을 졸업하고 나서 1년 동안 인도를 여행했거든. 그때 인도 음식을 좋아하게 돼서……."

엠마 진은 더 이상 선생님의 말을 듣고 있지 않았다. 드디어 비크램의 천생연분인 신붓감을 찾았다고 확신했기 때문이다. 이제 마지막으로 확인할 사소한 문제가 하나 남아 있을 뿐이었다.

"제 친구 비크램 애드와니가 이 음식을 요리했어요. 선생님이 인도 음식을 좋아하시면 저녁 식사를 하러 우리 집에 오셔도 돼요. 원하신다면 선생님의 남자 친구를 데려와도 되고요……."

"어머, 그래? 나야 물론 가고 싶지. 하지만 난 남자 친구가 없는걸."

"괜찮아요. 선생님 혼자 오셔도 돼요. 그럼 제가 적당한 날을 잡아 볼게요."

집으로 걸어가며 엠마 진은 두 사람의 결혼식 때 뭘 입고 가는 게 좋을지 생각해 보았다. 사리(인도 여인이 몸에 두르는 길고 가벼운 옷—옮긴이)도 괜찮을 것 같았다.

14

그 다음 주 화요일, 콜린은 여학생 탈의실에서 체육복으로 갈아입고 있었다. 평소처럼 다른 아이들이 모두 옷을 갈아입고 체육관으로 갈 때까지 콜린은 일부러 꾸물거렸다. 셀룰라이트(피부 아래에 쌓인 지방 축적물이 피부 위로 좁쌀처럼 오돌토돌하게 솟은 것―옮긴이)가 너무 심해 사람들 앞에서 옷 갈아입는 걸 꺼렸기 때문이다.

벗은 옷을 접어 사물함에 넣는데 갑자기 발자국 소리가 들려왔다. 콜린은 얼른 체육복 바지를 움켜쥐었지만, 바지를 채 입기도 전에 로라가 나타났다. 로라는 줄지어 선 사물함 사이로 다가와 콜린을 침팬지라도 되는 양 한쪽 구석으로 몰았다.

"안녕."

두 팔을 가슴께에서 꼰 로라가 사물함에 어깨를 기대며 말했다.

"안녕, 로라."

콜린은 대답하며 한쪽 다리를 겨우 체육복 바지에 넣었다. 하지만 다리가 후들거려 쓰러질 것만 같았다.

"너 지금 떨고 있니?"

로라의 물음에 콜린은 눈을 살짝 감고 고개를 저었다.

가끔 악몽을 꿀 때면 콜린은 눈을 감고 "이건 그냥 악몽일 뿐이야."라고 되뇌곤 했다. 그러다 눈을 뜨면 피 묻은 도끼를 들고 있던 미친 살인자는 사라지고, 콜린은 꽃무늬 깔개가 깔려 있으며 헬로 키티 시계가 째깍거리는 자기의 행복한 핑크색 방에 누워 있곤 했다.

하지만 지금은 눈을 떠도 로라가 여전히 자기를 노려보며 서 있을 것이다. 콜린은 로라보다 피 묻은 도끼를 든 미친 살인자가 더 낫겠다고 생각했다. 미친 살인자는 콜린을 빨리 죽여 버릴 테니까. 로라는 콜린을 죽이기 전에 천천히 고통을 주고 있었다.

"무슨 일이 있었는지 다 알아냈어."

로라가 무섭고 차가운 목소리로 입을 열었다.

콜린은 잠자코 듣기만 했다.

"너는 내가 케이틀린과 함께 스키를 타러 가게 되자 심술이 났지. 그래서 엠마 진에게 편지를 쓰라고 했어. 내가 그런 것도 모를 바보로 보였니? 너희 두 사람은 곧 큰 문제에 처할 테니까 차라리 지금 사실을 인정하는 게 좋을 거야. 너희는 어쩌면 퇴학을 당할 수도 있다고."

'로라가 어떻게 알았을까? 엠마 진이 말했나? 아냐, 그건 말도 안 돼.'

콜린은 무슨 말을 하고 싶었지만 혀가 입 안에 콱 박혀 아무 말도 나오지 않았다. 시선마저 로라를 향해 굳어 버렸는지 눈길을 다른 곳으로 돌릴 수도 없었다.

그렇다. 콜린은 돌로 변했다. 그리고 콜린 앞에 서 있는 건…… 라이트 선생님이 수업 시간에 읽어 준 그리스 신화에 나오는 그 여자, 머리에 머리카락 대신 살아 있는 뱀이 꿈틀거리는 여자, 마돈나? 아니, 메두사였다! 로라는 메두사였다. 사악한 메두사의 눈을 보는 사람은 모두 그 자리에서 돌로 변한다고 했다. 로라가 바로 메두사였다! 로라가 콜린을 돌기둥으로 만들어 버렸다!

"네가 했을 줄 알았어. 엠마 진 같은 애랑 놀다니, 너도 참 한심해."

로라 메두사가 이죽거렸다.

그때 누군가 탈의실 문을 두드렸다.

"누구 있니? 안에 누구 있어? 그 안에서 고장 난 변기 소리가 들리거든!"

요한센 아저씨였다. 때맞춰 온 착한 경비 아저씨 덕분에 콜린은 가까스로 자유를 얻었다. 두 발도 움직이기 시작했다.

"쳇, 너 오늘 운이 좋은 줄 알아!"

출구 쪽으로 걸어가며 로라가 쏘아붙였다. 로라는 어깨로 문을 밀고 밖으로 나갔다.

"어, 거기 조심해, 아가씨!"

요한센 아저씨가 다급히 말했지만, 이미 늦었다. 로라는 문 밖에 놓여 있던 아저씨의 물통에 걸려 넘어졌고, 그 바람에 회색 비눗물이 바닥으로 쏟아져 로라의 반짝이는 새 운동화 한 짝이 젖어 버렸다.

"저런 걸 아무 데나 놓으면 어떻게 해요?"

로라는 아저씨에게 빽 소리를 지르고는 잔뜩 찡그린 얼굴로 젖은 운동화를 살펴보았다.

"애, 괜찮니? 이 화장지로 좀 닦으렴."

아저씨의 말에 로라가 눈을 파르르 떨며 다시 소리쳤다.

"제 신발이 다 젖었잖아요! 이거 물어내라고요!"

"아저씨, 정말 죄송해요."

콜린은 작은 목소리로 중얼거리며 서둘러 로라에게서 달아났다.

지금 당장은 도망칠 수 있었다. 하지만 다음에 이런 일은 또 생길 테고, 그때는 오늘처럼 운이 좋지 않으리라는 것을 콜린은 잘 알고 있었다.

15

라이트 선생님과 저녁을 먹기로 한 전날 밤, 비크램과 엠마 진은 부엌 식탁 앞에 앉아 다음 날 저녁 메뉴에 대한 이야기를 나누고 있었다.

엠마 진은 자기가 초대한 손님이 비크램의 아내가 될 가능성이 상당히 높은 신부 후보라는 사실을 말하지 않았다. 그래서 비크램이 알고 있는 것은 초대된 손님이 엠마 진이 좋아하는 선생님이라는 사실과 파티에 어울릴 만한 음식이 필요하다는 것뿐이었다.

애드와니 부인이 가장 잘 만드는 요리 중 하나인 속을 채운 인도 빵 퓨란 폴리에 대해 비크램이 설명하고 있는데, 전화벨이 울렸다. 인도에 사는 비크램의 여동생에게서 온 전화였다.

"어머니가 위독하시대."

전화를 끊고 나서 비크램이 말했다. 비크램의 목소리는 평소와 달랐다. 마치 굉장히 뜨거운 차를 실수로 급히 마셔서 목구멍이 타는 것 같았다.

"어쩌면 좋아! 어머니가 심장 마비를 일으키셨대. 병원 응급실에서 치료를 받고 계신가 봐. 당장 비행기를 타고 뭄바이로 가야겠어."

엠마 진과 엄마, 비크램 세 사람은 정신없이 움직이기 시작했다. 엄마가 항공사에 전화를 걸어 인도행 비행기 티켓을 예약하는 동안 비크램은 짐을 싸러 방으로 올라갔다. 엠마 진도 비크램의 방으로 함께 갔다. 비크램이 가져갈 옷을 침대 위로 던지면 엠마 진이 그것들을 반듯하게 접어 오래된 빨간 가죽 가방 안에 차곡차곡 넣었다. 그리고 치약과 칫솔, 샴푸를 담은 지퍼백도 챙겨 가방 안에 넣었다.

"엠마 진, 도와줘서 정말 고맙구나."

"얼마 동안이나 그곳에 계실 거예요?"

"아직 모르겠어. 지금 여기서는 어머니의 상태를 정확히 알 수가 없거든. 어리석은 생각일 수도 있지만, 모두 다 내 탓인 것 같아."

"왜요?"

"나 때문에 어머니가 심장병이 나신 게 아닌가 싶거든."

"무슨 말인지 모르겠어요."

"나는 인도를 떠나 이곳으로 오면서 어머니 가슴을 많이 아프게 했어. 어머니가 바라는 결혼을 하지 않았거든."

"아저씨의 어머니는 아저씨가 여기서 공부하기를 바라지 않으셨어요? 아저씨가 좋은 대학의 교수가 되는 게 어머니의 꿈이라고 하셨잖아요."

"응, 그건 사실이야. 하지만 나는 지금 냉철하게 생각할 수가 없단다. 지금은…… 어머니가 고통당하고 계시다는 생각 때문에 내 심장이 멎어 버릴 것만 같아."

"아저씨의 어머니는 아주 튼튼한 심장을 가지고 계세요."

"네가 그걸 어떻게 알아? 넌 우리 어머니를 만나 본 적도 없잖아."

"그렇긴 하지만 제 말이 틀림없을 거예요. 왜냐하면 좋은 심장을 가진 사람만이 아저씨처럼 훌륭한 성품을 지닌 사람을 키울 수 있을 테니까요."

비크램은 엠마 진을 보고 잠시 고개를 끄덕이다 여행 가방으로 시선을 떨어뜨렸다.

잠시 뒤 비크램이 작은 소리로 말했다.

"고마워, 엠마 진."

엠마 진의 엄마가 비크램을 공항까지 태워다 주기로 했다. 한밤중에 비행기를 타러 가는 비크램에게 엄마가 그런 제안을 하는 것은 당연했다.

엠마 진은 비크램이 자기와 엄마를 떠나 힘든 시간을 혼자 견뎌야 한다는 게 불안했다.

'아저씨가 비행기 안에서 너무 낙심하면 어떻게 하지? 아저씨 마음이 안정되려면 무엇이 필요할까?'

엠마 진은 잠시 생각하다 자기 방으로 뛰어 올라갔다. 그리고 아빠가 만들어 준 퀼트 이불을 얼굴에 대고 너무나 익숙한 냄새를 깊이 들이마셨다. 잠시 망설이던 엠마 진은 이불을 반듯한 직사각형으로 접어 들고 계단을 달려 내려갔다. 그런 다음 비크램이 비행기 안으로 들고 갈 작은 손가방 안에 이불을 집어넣었다.

아빠가 돌아가신 뒤 슬프고 외로운 밤마다 엠마 진에게 큰 위안을 준 이불이었다. 비행기 안에서 외롭게 긴 밤을 보낼 비크램에게도 아빠의 이불이 위안을 주리라 생각하자, 엠마 진은 마음이 조금 놓였다.

공항까지는 채 한 시간이 걸리지 않았다. 엄마는 인도 항공 터미널로 이어지는 도로를 따라 자동차를 운전했다. 엄마가 도로 옆으로 자동차를 세운 뒤, 세 사람은 함께 차에서 내려 길모퉁이에 섰다.

비크램이 주머니에서 여권과 여행 서류를 꺼내 확인하는 동안 엄마와 엠마 진은 옆에서 그 모습을 바라보았다. 엠마 진은 유리문을 통해 매표소 앞에 줄을 서서 기다리는 사람들을 보았다. 여자들이 입고 있는 주황색과 빨간색, 노란색의 옷들이 스산하고 어두운 겨울밤을 밝게 해 주었다.

"잘 지내고 있어, 친구. 도착하는 대로 전화할게."

비크램이 엠마 진에게 말했다. 그러더니 돌아서서 엄마를 쳐다보았다.

"당신과 나누는 대화가 그리울 거예요."

"나도요. 우리는 늘 당신을 생각할 거예요."

이렇게 말하며 엄마는 비크램에게 살짝 기대 안겼다. 비크램은 엄마의 가녀린 어깨를 두 팔로 꽉 끌어안았다. 그 상태에서 두 사람이 떨어지기까지는 꽤 오랜 시간이 흘렀다.

엠마 진은 엄마를 바라보았다. 그리고 비크램을 바라보았다. 갑자기 빛이 팡 터지며 엠마 진에게 아주 뜻밖의 미래가 그려졌다. 마치 아주 잠시, 아직은 불안정하지만 어떤 새로운 가능성을 보여 주기 위해 밤이 캄캄한 속마음을 밖으로 드러내 보인 것 같았다.

엠마 진과 엄마는 나란히 길 위에 서서 자동문을 지나 알록달록한 군중 사이로 들어가는 비크램을 바라보았다. 뒤에 서 있던 버스가 움직이며 운전기사가 엄마에게 차를 빼라고 할 때까지, 두 사람은 추운 밤공기에 떨며 말없이 서 있었다.

집으로 돌아온 뒤 엄마는 엠마 진에게 잘 자라고 뽀뽀를 하고 침실로 들어갔다. 엠마 진은 부엌으로 내려가 학교 주소록에서 라이트 선생님의 전화번호를 찾았다. 그리고 비크램 아저씨의 가족에게 갑자기 급한 일이 생겨 저녁 식사가 무기한 연기되었다는 메시지를 선생님의 자동 응답기에 남겼다.

수화기를 내려놓은 뒤 엠마 진은 냉장고에 붙어 있는 아빠 사진 앞에 한동안 가만히 서 있었다. 아직도 부엌에 남아 있는 카레와 마늘의 향기에 엠마 진은 그 어느 때보다 더 비크램을 보고 싶었다. 하지만 엠마 진은 자기 친구 비크램이 오늘 인도로 떠난 것이 다행이고, 비크램에게는 그게 최선의 길이라고 생각했다.

엄마의 인생에서 사랑은 오직 하나뿐이어야 하고, 그 사랑은 유진 래저러스였다.

16

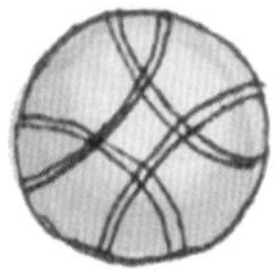

금요일 오후, 수업을 마친 엠마 진이 집으로 돌아가려는데 윌이 작은 목소리로 불렀다.

윌은 반짝이는 눈으로 복도의 이쪽저쪽을 재빨리 살펴보았다. 버스는 이미 다 떠났지만 방과 후에 할 일이 있거나 합창 연습을 하는 아이들이 아직도 학교 건물 안에 남아 있었다. 윌은 자기를 따라오라는 몸짓을 하며 엠마 진을 외국 문학 수업을 하는 위층 교실로 데려갔다. 교실에는 아무도 없었다.

"엠마 진, 너 정말 무슨 일을 한 거야?"

"그게 무슨 말이야?"

"페트로스키 선생님이 나를 더 이상 괴롭히지 않아. 네가 무슨 일을 한 거지?"

"네 문제를 해결하기 위해 내가 어떤 계획을 세우고 그에 맞는 행동을 하기는 했어.”

부드럽게 각이 진 윌의 얼굴에 미소가 번졌다.

“아, 무서운 낸시 드루.”

윌은 바지 뒷주머니에서 구겨진 종이 한 장을 꺼냈다.

“페트로스키가 오늘 학기 말 성적표를 주었어.”

“나도 알아.”

엠마 진의 평균 점수는 늘 그렇듯 100점이었다.

윌이 엠마 진의 손에 자기 성적표를 올려놓으며 말했다.

“이것 좀 봐! 81점이야! 선생님이 점수를 깎지 않았어! 나, ‘우’ 야! 야호! 과학이 우라고!”

윌은 대단한 승리를 이루어 낸 사람처럼 환호하며 하늘로 펀치를 날렸다.

잠시 뒤 윌이 물었다.

“그런데 너 도대체 무슨 일을 한 거야? 정말 궁금하네.”

“글쎄, 자세한 내용을 얘기할 필요는 없을 것 같아. 아무튼 이 결과에 대해 네가 만족한다니, 나도 아주 기쁘다.”

“맞아, 난 행복해. 너무 기뻐서 바지에 오줌을 쌀 것 같다니까. 아, 나는 정말 행운아야!”

윌이 엠마 진에게 가까이 다가왔다. 엠마 진이 깜짝 놀라 한 걸음 뒤로 물러나자 윌은 더 가까이 다가왔다. 두 사람 사이가 너무 가까워 윌의 몸에서 나는 구리 같은 냄새를 맡을 수 있을 정도였다.

“잘 들어, 엠마 진. 난 너에게 빚을 졌어. 그것도 아주 큰 빚을.”

“넌 나에게 빚진 거 없어.”

엠마 진의 말은 진심이었다. 양심 없는 사람들이나 문제를 해결한 대가를 요구하는 법이니까.

월이 엠마 진의 머리 위에 손을 얹고 머리카락을 헝클며 말했다.

“너는 정말 괜찮은 아이야. 그러니까, 음, 넌 참 좋은 아이라고.”

월이 가고 난 뒤 엠마 진은 학교 주차장을 가로질러 걸었다. 엠마 진은 선생님들이 주차하는 곳을 알고 있었다. 페트로스키 선생님의 주차 공간에는 체리 레드 색깔의 신형 캐딜락이 반짝이며 서 있었다. 엠마 진은 그 모습에 만족스러운 미소를 지으며 살짝 고개를 저었다. 사람이란 그리 복잡한 존재가 아니라고 생각하며.

집으로 걸어가는 동안 엠마 진은 아직도 자기 머리 위에 월의 손이 놓여 있는 것 같은 느낌이 들었다. 그리고 그 느낌에 엠마 진은 더없이 기분 좋았다.

17

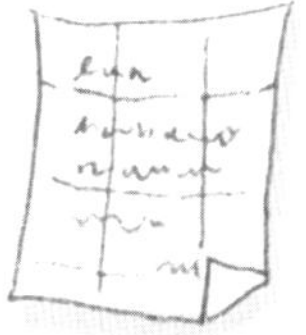

엠마 진이 앙리와 함께 방에서 조용한 오후를 즐기고 있을 때였다. 느닷없이 현관 벨이 울렸다. 엠마 진과 앙리는 뜻밖에 울린 벨 소리에 깜짝 놀랐다.

엠마 진은 앙리를 방에 둔 채 누가 왔는지 살펴보러 나갔다. 현관문에는 엠마 진이 조금도 기대하지 않은 사람, 로라 길로이가 서 있었다.

"안녕! 이 근처에 볼일이 있어서 왔다가 들른 거야. 잠깐 들어가도 되지?"

로라가 말했다.

"안 돼. 엄마가 일 나가셨을 때는 아무도 집 안으로 들어올 수 없어."

엠마 진의 말에 로라가 한쪽 눈썹을 치켜 올렸다.

"야, 뭘 그래. 그냥 인사나 하러 들렀다니까. 아하, 너 그거 모르는구나? 난 자주 친구들 집에 연락 없이 놀러 가."

"하지만 우린 친구가 아니잖아."

엠마 진의 말은 사실이었다.

엠마 진은 로라처럼 사악한 여자아이와는 한 번도 가까이 지낸 적이 없었다.

하지만 로라는 엠마 진의 말을 들은 척도 하지 않고 마음대로 문 안으로 들어서며 말했다.

"야, 너 진짜 웃긴다."

엠마 진은 자기가 아무리 기쁜 분위기에 들떠 있을 때라도 자기를 '웃긴다'고 묘사하는 건 적절하지 않다고 생각했다.

"그러니까, 내 말은……."

"어머, 집이 꽤 예쁘네. 우리 엄마도 얼마 전에 저런 깔개를 사느라 돈을 엄청 많이 썼지."

거실을 살펴보던 로라가 엠마 진의 말을 끊었다.

"부모님이 터키에서 사 오신 거야. 두 분은 거기로 신혼여행을 가셨거든."

"내 생각에는 네 방도 아주 멋질 것 같은데? 네 방은 위층에 있겠지?"

이렇게 말하며 로라는 이미 2층으로 이어진 계단을 오르고 있었다.

엠마 진이 뭐라고 대답을 하기도 전에 로라는 가파르고 좁은 계단을 거의 다 올라가고 있었다. 너무나도 무례하고 불쾌한 로라의 태도처럼, 로라의 검은색 파카 밑단이 경박하게 팔랑거렸다.

당황한 엠마 진은 한 번에 두 계단씩 오르며 로라를 뒤따라갔다. 로라는 벌써 엠마 진의 방 안으로 들어가 책상 앞에 서 있었다.

"방금 전에 아래층에서 너한테 했던 말을 다시 한 번 반복할게. 엄마가 집에 계시지 않을 때는 어떤 손님도 이 집 안으로 들어올 수 없어."

계단을 서둘러 올라오느라 숨이 찬 목소리로 엠마 진이 말했다.

그때 갑자기 로라가 심하게 기침을 하기 시작했다. 로라는 자기 가슴을 마구 두드렸다. 얼굴이 금방 새빨갛게 변했다.

"음료수!"

두 손을 목에 대고 로라가 힘겹게 말을 내뱉었다.

"주스! 차갑게. 제발, 빨리!"

엠마 진은 머뭇거렸다. 로라를 자기 방에 혼자 두고 싶지는 않았다. 하지만 자칫하면 목이 막혀 죽을지도 모를 로라를 그냥 두고 볼 수도 없었다.

엠마 진은 서둘러 계단을 내려갔다. 일단은 차가운 주스를 가져다준 뒤 로라가 질식할 위험이 없는 게 확실해지면, 그때 로라에게 이 집을 떠나라고 단호히 말할 작정이었다. 만약 그때도 로라가 거부하면 어떻게 해야 할지는 엠마 진도 판단이 서지 않았다. 아마 경찰을 불러야 할 것 같았다.

하지만 다행히 그럴 필요는 없었다. 엠마 진이 차가운 포도 주스가 담긴 유리컵을 들고 부엌을 나서는데, 찢어지는 비명 소리가 온 집 안을 울렸다. 곧이어 로라가 소리를 지르며 계단을 달려 내려왔다.

"이것 좀 떼 줘! 이것 좀 떼 줘!"

그러더니 엠마 진이 무슨 말을 하기도 전에 로라는 벌써 집 밖으로 나가 버렸다.

엠마 진은 현관 앞 복도에 서 있었다. 계단 난간에 앉아 있는 앙리를 발견하기 전까지 엠마 진은 한동안 혼란스러웠다. 앙리가 날아와 엠마 진의 어깨에 앉으며 속닥거렸다.

"엠마 진, 엠마 진."

"고마워, 앙리."

엠마 진은 앙리의 머리를 손가락으로 부드럽게 쓰다듬어 주었다.

"전에도 말했지만, 넌 정말 통찰력 있는 앵무새야, 내 소중한 친구 앙리!"

그날 밤, 엠마 진과 엄마는 부엌 식탁에서 저녁을 먹었다. 엄마는 비크램이 이사 오기 전까지 엠마 진이 가장 좋아하던 음식인 치킨 구이와 브로콜리를 만들어 주었다.

엠마 진은 늘 껍질은 바삭거리면서도 속은 촉촉한 치킨을

구워 내는 엄마의 솜씨에 감탄했다. 하지만 카레와 달, 처트
니(카레 따위에 넣는 새콤달콤한 인도 조미료—옮긴이) 같은 음
식을 몇 달 동안 먹다 보니 엄마의 치킨 구이는 맛을 제대로
느끼지 못할 만큼 담백했다.

엠마 진이 낮에 침입한 로라에 대해 막 얘기를 꺼내려는
데, 전화벨이 울렸다. 엄마는 얼른 손을 뻗어 옆 선반에 놓인
수화기를 들었다.

“아, 비크램!”

엄마가 벌떡 일어나는 바람에 엄마 다리 위에 놓여 있던
냅킨이 바닥으로 떨어졌다.

“네, 잘 지내요! 우리도 방금 비크램 당신 생각을 하고 있
었어요!”

엠마 진은 수화기를 귀에 바싹 대고 경쾌하게 부엌을 걸어
다니는 엄마를 지켜보았다.

“어머, 잘됐네요! 다행이에요! 정말 기뻐요! 그 소식을 들
으니 이제 마음이 놓이네요!”

엄마는 엠마 진을 바라보며 살짝 미소를 짓더니 고개를 끄
덕였다.

“네! 네! 그럼요. 당신이 보낸 이메일도 잘 받았어요. 우리
도 정말 보고 싶어요. 네⋯⋯.”

전화를 끊은 엄마는 엠마 진을 한 번 쳐다본 뒤 부엌을 나
갔다. 문이 끼익 열리더니 현관 밖으로 나가는 엄마의 발소리

가 들려왔다. 엠마 진은 얼굴이 찌푸려졌다. 지금 밖은 상당히 추울 것이다.

엄마가 식탁으로 다시 돌아오기까지는 몇 분이 걸렸다. 엄마의 볼은 발그레했고, 속눈썹이 작은 고드름으로 변하기라도 한 듯 두 눈이 반짝거렸다.

엄마가 입을 열었다.

"애드와니 부인은 괜찮으실 거래! 많이 회복되셨나 봐."

"정말 잘됐네."

"나는 비크램이 많이 보고 싶어. 너는 안 그러니? 왠지 나도 잘 모르겠어. 그가 없으니까 외로운 느낌이야. 엠마 진, 넌 그렇지 않아?"

"엄마와 함께 있으면 나는 외롭지 않아."

"물론 나도 너랑 있으면 외롭지 않지. 내 말은, 비크램이 없으니까 뭔가 좀 다르다는 거야. 안 그래?"

엠마 진은 고개를 끄덕였다. 엠마 진은 이 불안정한 문제를 곰곰이 생각하고 있었다. 비크램이 멀리 떠났지만 엄마와 비크램 사이의 감정은 조금도 흐려지지 않은 게 분명했다.

"아무래도 내일 저녁에는 외식을 하는 게 좋겠어. 우리가 전에 가던 인도 식당에서 말이야. 그래, 우리한테 필요한 건 바로 그거야. 그 식당에 가는 것."

엄마는 일어나서 빈 그릇들을 치우기 시작했다.

두 사람이 함께 설거지를 하는 동안 엄마는 줄곧 노래를 흥얼거렸다. 설거지를 끝낸 엄마는 평소 비크램이 가장 좋아하던 인도 차 한 잔을 만들어 들고 방으로 들어갔다.

엄마에게 잘 자라고 인사를 한 뒤, 엠마 진은 컴퓨터 앞에 앉았다. 이제 엠마 진에게는 또렷한 목표가 생겼다. 엠마 진도 비크램이 보고 싶었다. 하지만 엄마에게는 이미 사랑하는 사람이 있었다. 그렇기 때문에 비크램은 엄마를 떠나 멀리 인도에 머물러야만 한다. 이 상황을 분명히 하기 위해 엠마 진은 서둘러 행동을 취할 필요가 있었다.

비크램은 엠마 진이 가장 좋아하는 친구 중 한 사람이었다. 그래서 엠마 진은 이런 행동을 해야만 하는 게 안타까웠지만, 대안이 없었다.

엠마 진은 계획을 세우기 시작했다. 계획을 다 짰을 때는 이미 자정이 지난 뒤였다. 어찌 보면 위험한 계획이었다. 하지만 앙리 푸앵카레가 말했듯이 미묘한 문제를 해결하기 위해서는 창의적인 방법이 필요했다. 위대한 프랑스 과학자의 말을 다시 한 번 마음에 새기며, 엠마 진은 컴퓨터의 전원을 켜고 편지를 쓰기 시작했다.

애드와니 부인께

부인의 아드님 비크램 애드와니가 우리 엄마 엘리자베스 래저러스와 사랑에 빠졌다는 사실을 말씀드리기 위해 이 편지를 씁니다.

우리 엄마는 아주 똑똑하고 감각 있는 사람이라서 비크램이 엄마를 사랑하는 것을 저는 이해할 수 있습니다. 또한 위생 관념이 뛰어나고, 재능이 넘치는 요리사이며, 훌륭한 성품을 지닌 부인의 아드님 비크램 애드와니에게 엘리자베스 래저러스가 호감을 갖는 것도 저는 이해할 수 있습니다. 일반적인 상황이라면 부인의 아드님은 엘리자베스 래저러스의 훌륭한 남편이 될 수 있을 것입니다.

하지만 엘리자베스 래저러스는 이미 다른 사람을 사랑하고 있습니다. 그의 이름은 유진 래저러스입니다. 그는 뛰어난 수학 교수였지요. 비록 2년 전에 죽었지만, 그는 엘리자베스의 인생에 오직 하나의 영원한 사랑으로 남아 있습니다. 우리 엄마가 다른 남자를 사랑할 수 없는 이유를 이제 아시겠지요.

아드님에게 알맞은 신붓감을 찾는 게 부인의 책임이라고 들었습니다. 그래서 저는 정확한 상황을 부인께 급히 알려 드려야 할 필요가 있다고 생각했습니다. 비크램에게 잘 어울리는 여자를 찾기 위해 부인께서 좀 더 서두르시기를 부탁드립니다. 그리고 이 문제에 대한 제 아이디어가 마음에 들면 언제든지 저에게 연락 주시기 바랍니다.

많이 회복되셨다니 정말 축하드려요. 앞으로 동맥 장애를 막기 위해서는 드시는 음식의 영양 성분을 주의 깊게 살펴보아야 합니다. 그리고 회복기에는 운동 프로그램이 매우 중요합니다. 저는 매일 30분씩 빠르게 걷기를 추천해 드리고 싶어요. 뭄바이는 많은 사람으로 북적이고 교통 문제가 심각한 도시라고 책에서 읽었습니다. 그러니 걸으실 때는 부디 안전한 장소를 잘 선택하시길 바랍니다.

엠마 진 래저러스 올림

엠마 진은 편지 봉투에 주소를 적고 애드와니 부인에게 신뢰를 주기 위해 자기의 이름과 주소는 힌디 어로 썼다.

18

수업을 마치고 학교를 나서는 콜린의 어깨를 누군가 새의 발톱처럼 꽉 움켜쥐었다.

"따라와."

로라였다.

로라는 콜린의 팔을 붙잡고, 정확히 말하면 끌고, 텅 비어 있는 복도로 갔다. 두 사람은 여학생 탈의실 앞에서 걸음을 멈추었다. 로라가 어깨로 문을 밀쳐 콜린을 안으로 밀었다.

"앉아."

의자를 가리키며 로라가 말했다.

콜린은 로라의 말대로 의자에 앉았다.

"이제 다 끝났어. 너와 엠마 진 말이야. 나한테 확실한 증거가 있어."

콜린은 입을 벌렸지만 아무 말도 나오지 않았다.

“엠마 진은 자기 방에 파일을 다 모아 놓지. 너도 알겠지? 대부분 세균이나 나무 따위에 관한 쓸데없는 것이지만, 정말 내 관심을 끄는 파일이 하나 있었어. 거기에 뭐라고 쓰여 있었는지 맞혀 볼래?”

눈을 크게 뜬 로라는 콜린을 똑바로 쳐다보며 뱀파이어처럼 하얀 이를 드러냈다.

“콜린 파머란츠!”

콜린은 고개를 떨어뜨린 채 자기 신발을 내려다보았다. 신발은 막 태어난 새끼 고양이들처럼 작고 연약해 보였다.

“그 파일 안에 뭐가 있었는지도 말해 줄까? 농구 파티에 관해 내가 받은 한심한 편지의 복사본. 그리고 또 뭐가 있었는지 알아? 네가 할 말이 있다고 엠마 진에게 보낸 그 멍청한 하트 모양 편지지……. 가만, 네가 거기에 뭐라고 썼더라? 아, 그렇지. ‘로라와 스키 여행’에 대한 내용이었어. 자, 어떻게 생각해?”

콜린은 아무 생각도 나지 않았다. 콜린의 뇌는 벌써 다 녹아 내렸다.

“난 상황 파악이 끝났어. 내일 아침 학교에 오자마자 내 사물함에 들어 있는 증거 파일을 투시한테 보여 줄 거야. 그런 다음…… 그래, 일이 어떻게 되는지 지켜보자고. 별로 좋을 것 같지는 않지? 너랑 그 바보 같은 엠마 진에게 말이야. 콜린, 너는 너무 불쌍해. 너랑 엠마 진, 참, 쌍으로 논다.”

로라는 코웃음을 치며 말을 이었다.

"콜린, 네가 정말로 그런 짓을 했구나. 아무튼 이제는 다 끝났어."

로라는 휙 돌아 탈의실을 나갔다.

콜린은 평생 이렇게 외로운 느낌은 처음이었다.

그런데 탈의실에는 콜린 혼자만 있는 게 아니었다.

탈의실 끝 쪽에서 둔탁한 발소리와 함께 변기 물 내려가는 소리가 들렸다. 잠시 뒤 요한센 아저씨가 양동이와 하수관 청소기를 들고 나타났다.

"놀라게 해서 미안하구나. 변기가 또 고장 났지 뭐니."

콜린은 고개를 끄덕이고 미소를 지으려 했지만 얼굴 근육이 모두 마비된 것 같았다.

아저씨가 콜린을 보며 물었다.

"내가 뭘 도와줄까, 아가씨?"

콜린은 간신히 몸을 일으키며 말했다.

"고맙습니다. 하지만 저는 괜찮아요."

아저씨가 콜린을 쳐다보았다. 콜린은 자기 모습이 아주 고약할 거라고 생각했다. 그런데 다행히 아저씨는 그런 것에 별로 신경 쓰지 않는 듯싶었다.

"알겠어, 아가씨. 그럼 너무 걱정하지 않기다, 응?"

콜린이 힘없이 고개를 끄덕이자, 아저씨가 밖으로 나갔다.

콜린은 자기가 얼마나 더 탈의실에 있다가 나왔는지 알지 못했다. 이제 콜린은 진짜 콜린이 아니었다. 더 이상 사람이라고 할 수가 없었다. 콜린은 좀비처럼 보였다. 좀비 콜린. 겁에 질리고 움츠러든 나머지 세상에 무서울 것도 없고 아무런 감정조차 없는 좀비 콜린 속으로 진짜 콜린이 숨어들어 간 것이다.

좀비 콜린이 진짜 콜린을 데리고 집으로 왔다. 엄마가 잔뜩 화난 모습으로 집 앞에서 기다리고 있었다.

"왜 이렇게 늦었어! 얼마나 걱정했는지 알아?"

엄마는 콜린을 보자마자 꾸중을 했다.

"엄마⋯⋯."

"너 왜 그러니? 좀 이상해 보여!"

당연히 콜린은 이상했다.

"어디 아프니?"

엄마가 콜린의 이마에 차가운 손을 올렸다.

'응, 아파. 너무, 너무 아파.'

좀비 콜린.

19

콜린은 다음 날 학교에 오지 않았다. 엠마 진은 케이틀린에게 콜린이 어디 있는지 아느냐고 물어보았다.

"어젯밤에 콜린과 통화를 했어. 그런데 목소리도 좀 이상하고 상태가 굉장히 좋지 않아 보였어. 배도 심하게 아픈 것 같던데."

다음 날도, 그 다음 날도 콜린은 학교에 오지 않았다. 엠마 진의 걱정도 점점 더해 갔다. 콜린이 제대로 치료를 받고 있지 못하는 건 아닐까 싶기도 했다. 예를 들어, 소화 기능에 문제가 있는 사람은 장 속의 염증을 악화시키는 우유가 들어간 유제품은 먹지 말아야 한다. 그런데 만일 콜린의 가족이 이 사실을 모른다면 심각한 문제가 아닐 수 없었다. 엠마 진은 콜린과 콜린의 가족에게 이 정보를 알려 주는 게 시급하다고 판단했다.

엠마 진은 수업이 끝나자마자 콜린이 살고 있는 작은 벽돌 집으로 갔다.

콜린의 집 앞에 서 있는 잘 다듬어진 사철나무 덤불에는 곧 다가올 부활 주일을 앞두고 분홍색, 노란색, 하늘색의 플라스틱 달걀들이 장식되어 있었다.

엠마 진이 초인종을 누르자, 콜린의 집에 딱 어울리는 크고 활기찬 벨 소리가 울렸다. 엠마 진은 집 안에서 빠른 발소리가 들린 다음, 약간 창백하지만 그래도 평소처럼 다정하게 미소를 지은 콜린의 얼굴이 창문으로 나타날 거라고 예상했다. 하지만 콜린의 집은 아주 조용했고, 아무도 창문으로 밖을 내다보지 않았다.

엠마 진은 다시 한 번 초인종을 눌렀다. 그리고 조금 있다 한 번 더 눌러 보았다. 여전히 아무런 대답이 없었다. 엠마 진은 기다리기로 마음먹고 현관 앞에 앉았다.

그렇게 15분쯤 지났을 때, 엠마 진 뒤에서 누군가 움직이는 것 같았다. 엠마 진은 몸을 돌려 위를 올려다보았다. 위층 창문의 커튼 사이로 콜린이 보였다. 엠마 진이 일어서서 손을 흔들었지만, 콜린의 얼굴은 금세 사라졌다.

엠마 진은 오늘의 방문이 결코 헛되지 않았음을 깨닫고 기쁜 마음으로 일어나 다시 벨을 힘차게 눌렀다. 그리고 콜린이 문을 열고 자기에게 어서 집 안으로 들어오라고 말하기를 기다렸다.

하지만 몇 분이 지나도 콜린은 문을 열지 않았다. 엠마 진은 현관문에 귀를 갖다 대 보았다. 집 안에서는 여전히 아무런 소리도 들리지 않았다.

엠마 진은 현관에서 한 걸음 뒤로 물러난 뒤 조금 전에 콜린이 내다보던 커튼이 드리워진 창문을 올려다보았다. 그런데 콜린의 모습은 보이지 않았다. 얼핏 보면 아무도 없는 빈 집 같았다.

하지만 엠마 진은 대충 관찰하는 사람이 아니었다. 콜린은 분명히 집에 있었다. 그렇다면 콜린이 초인종에 대답할 수 없는 이유를 찾아야 했다.

콜린은 지금 너무 약한 상태이거나 기절을 했을지도 모른다. 아니면 콜린의 엄마가 콜린의 상태가 안정되었다고 믿고 슈퍼마켓이나 약국에 갔을지도 모른다. 콜린의 엄마는 바이러스의 변덕스러운 성질을 잘 몰라서 불과 몇 분이나 몇 시간만에도 증상이 갑자기 과격하게 나타날 수 있다는 걸 예상하지 못할 수 있다.

혹은 갑자기 오른 고열로 콜린이 정신을 잃고 고통스러운 통증 때문에 힘없이 바닥을 구르고 있을지도 모를 일이었다. 만약 그런 경우라면 이렇게 초인종을 눌러서 될 일이 아니었다. 엠마 진은 집 안으로 들어가야 했다. 지금 당장.

엠마 진은 현관 고리를 잡아당겼다. 현관은 잠겨 있었다. 옆의 차고 문으로 달려가 보니 거기에도 빗장이 채워져 있었다. 엠마 진은 집 주위를 뛰어다니며 옆문과 뒤쪽 미닫이문까지 문이란 문은 모두 확인을 해 보았다. 하지만 하나같이 다 잠겨 있었다.

엠마 진은 다시 현관 앞으로 와서 가만히 숨을 골랐다. 담장 옆에 다 자란 목련 한 그루가 서 있었다. 기다란 가지들이 지붕 위로 넓게 뻗어 나갔는데, 그중 큰 가지 몇 개가 위층 창문으로 곧장 뻗어 있는 게 보였다.

엠마 진이 마지막으로 나무를 타고 오른 게 2년 6개월 전이었다. 하지만 몸과 팔다리에 그 방법이 입력되어 있는지, 나무 타는 자세와 방법이 떠올랐다.

엠마 진은 아빠가 가르쳐 준 대로 기둥에 무릎을 딱 붙이고 흔들어 보았다. 그리고 제일 밑에 있는 가지를 붙잡고 평평하지 않은 구름사다리를 올라가는 체조 선수처럼 몸을 일으켰다. 그런 다음 가지들이 단단한 V자 모양으로 이음매를 만들어 놓은 부분에 발을 올려놓았다. 막 피어나는 작은 꽃봉오리들을 밟지 않도록 조심하고, 여리고 가느다란 나뭇가지에도 발을 올리지 않도록 세심하게 신경을 썼다.

나무 꼭대기 근처에 있는 굵은 가지 하나가 콜린의 얼굴이 나타났던 창문으로 곧게 뻗어 있었다. 엠마 진은 두 팔로 그 가지를 감싸 안으며 안전을 위해 발목을 가지에 꼬았다. 그리고 몸을 앞으로 내밀며 창문 안을 들여다보았다.

다행히 콜린은 고통에 몸부림치다 감각을 잃고 팔다리를

떨어뜨린 채 바닥에 늘어져 있지는 않았다. 콜린은 침대 위에 앉아 있었다. 어깨는 처져 있고 머리카락도 깨끗해 보이지 않았다. 하지만 그것만 빼면 콜린의 몸 어딘가가 심하게 손상된 것 같지는 않았다.

엠마 진은 콜린이 쳐다볼 때까지 창문을 계속 두드렸다.

20

콜린은 지난 이틀 동안 파스텔 톤의 핑크색으로 칠해진 방 벽을 쳐다보며 지냈다. 작년에 콜린은 자기가 좋아하는 것들을 생각하며 벽지를 골랐다. 핑크색의 하트 모양 사탕과 딸기 아이스크림, 그리고 귀여운 아기 돼지 등.

그런데 지금은 그 사랑스럽던 벽지 색깔이 콜린을 매우 불쾌하게 만들었다. 마치 늙은 강아지 귀 안에 갇힌 기분이었다. 콜린은 벽을 계속 노려보았다.

그나마 다행스러운 점은 더 이상 아프다는 핑계를 대며 엄마에게 거짓말을 할 필요가 없다는 것이었다. 지금까지는 모든 게 계획대로 잘 진행되었다. 부모님과 의사는 콜린이 알 수 없는 바이러스에 전염되었다고 믿었다.

"제 딸 같지가 않아요. 콜린은 긍정적인 아이였어요. 그런데 지금은 방에서 나오려고 하질 않아요."

엄마가 의사에게 말했다.

"학교에서 무슨 문제는 없었나요?"

"글쎄요."

의사가 걱정스러운 표정으로 콜린에게 물었다.

"콜린, 무엇 때문에 그렇게 불안해하는지 말해 줄 수 있니?"

"아니에요, 그런 건 없어요. 콜린은 쾌활해서 친구도 많고 모범생이에요."

엄마가 대신 대답했다.

의사는 친절한 눈길로 콜린을 바라보았다. 콜린은 의사에게 하고 싶은 말이 아주 많았다. 하지만 좀비 콜린이 의사를 쓸데없이 참견하는 사람이라고 여기게 만들어, 진짜 콜린은 아무 말도 할 수 없었다.

의사는 콜린의 목구멍과 귀를 검사했다. 그리고 콜린의 배를 여기저기 눌러 보며 부드러운 목소리로 물었다.

"지금 어떤 느낌인지 나한테 말해 줄래, 콜린?"

"아파요. 모두 다요."

콜린과 엄마는 검사실로 갔다. 머리카락을 남김없이 민 젊은 남자가 콜린의 팔에 바늘을 깊이 꽂아 피를 뽑더니 유리병 세 개에 나누어 넣었다. 자기의 피가 좁은 플라스틱 튜브를 타고 유리병 안으로 들어가는 모습을 바라보며, 콜린은 그 남자가 자기 피를 모두 가져가길 바랐다. 그러면 다시는 학교에 가지 않아도 되니까. 다시는 로라를 보지 않아도 되니까.

콜린은 방 창문을 두드리는 소리에 몸을 돌렸다. 창밖으로 엠마 진의 창백한 얼굴이 보였다.

이제는 더 이상 나빠질 것도 없었다. 지금까지 살아오는 동안 콜린은 한 번도 어떤 사람을 미워한 적이 없다. 자기의 단짝을 빼앗으려는 교활한 로라도 미워하지 않았다. 유치원에 다닐 때 자기에게 죽은 다람쥐를 던진 대책 없는 브랜든도 미워하지 않았다.

그러나 엠마 진을 생각하면, 날카로운 통증이 배 속을 뚫고 지나가는 느낌이 들었다. 이 아픔이 미움인지는 콜린도 확실히 알지 못했다. 하지만 이 느낌은 분명히 어둡고 나쁜, 월리엄 신부님이 설교 중에 경고했던 바로 그 느낌이었다.

엠마 진이 로라에게 거짓 편지를 보냈다.

엠마 진이 로라에게 파일을 보여 주었다.

엠마 진이 콜린의 인생을 망쳐 놓았다.

하지만 아무리 그렇다고 해도, 엠마 진을 창밖의 높은 나무 위에서 마냥 추위에 떨도록 내버려 둘 수는 없었다.

콜린은 천천히 침대에서 일어나, 꽃무늬 깔개를 밟고 터벅터벅 걸어가 자물쇠를 풀고 창문을 활짝 열었다.

엠마 진이 열린 창문을 통해 방 안으로 들어왔다. 엠마 진은 바지를 털며 차갑게 언 두 손을 비볐다.

"너 여기서 뭐 해?"

콜린이 신경질적인 좀비 목소리로 물었다.

"네가 유제품을 먹으면 안 된다는 말을 하려고 왔어. 유제품은 소화 기관에 쉽게 염증을 일으키기 때문에 너 같은 증상이 있는 사람은 피해야 해."

평소의 정상적인 콜린이라면, 고맙다는 미소를 짓고 고개를 끄덕이며 엠마 진이 하는 말을 제대로 알아들은 체했을 것이다. 하지만 지금 콜린은 정상이 아니었다.

좀비 콜린이 말했다.

"엠마 진, 내 말 좀 들어 봐. 너는 나를 심각한 상태에 빠뜨렸어. 로라는 모든 것을 알아. 내가 너에게 보낸 쪽지도 갖고 있어. 네 방에 있는 파일에서 네가 로라에게 보낸 편지도 찾았다고 했어."

"로라가 그걸 어떻게 알아?"

"로라가 네 방에 들어간 적 있어?"

"응, 월요일에."

"그때 로라가 뭘 훔치는 걸 못 봤어?"

"그 애가 내 방에서 물건을 훔칠 거라고는 생각 못 했어."

엠마 진은 아무리 제멋대로인 로라라도 함부로 법을 어기지는 않으리라 생각했다.

"당연히 로라는 할 수 있어! 엠마 진, 넌 아무것도 몰라! 로라는 양심이 없는 아이라고! 네가 로라와 방에 계속 함께 있었어?"

"아니. 로라가 갑자기 기침을 시작했어. 그러더니 마실 것을 갖다 달라고 했어."

"그래서?"

"그래서 로라에게 포도 주스를 가져다주려고 아래층으로 내려갔지."

"그럼 그때 로라가 네 방에 혼자 있었어?"

"응."

"얼마나 오랫동안?"

"아마 몇 분 정도. 나도 어쩔 수 없었어. 로라는 기침을 아주 심하게 했거든."

"그건 다 꾸민 거야! 로라는 너를 방 안에서 나가도록 만들어 증거를 찾고 싶었던 거야! 그리고 네가 없는 틈을 타 네 책상에서 내 이름이 쓰여 있는 파일을 훔쳤다고. 너는 왜 남의 이름을 파일에 써 놓은 거야?"

"난 언제나 중요한 것들을 파일 안에 다 모아 둬."

"나는 네가 이런 일을 했다는 걸 믿을 수가 없어! 넌 왜 이 일에 끼어든 거야? 난 너한테 아무런 부탁도 하지 않았잖아!"

"아니, 넌 부탁을 했어. 너는 나한테 도와 달라고 말했어."

"나는 그런 뜻으로 말한 게 아니었다고! 내가 왜 너한테 도움을 받고 싶겠어? 그리고 넌 지금 왜 여기 온 거야?"

"너에게 유제품을 먹지 말라고 말해 주고 싶었어. 나는 너를 도와주고……."

“도대체 지금 무슨 얘기를 하는 거야? 그냥 가, 엠마 진!”
콜린이 울부짖었다.

엠마 진은 어떻게 해야 할지 혼란스러웠다. 콜린이 자기에게 떠나라고 말하고 있었다. 콜린은 분명히 깊은 상심에 빠져 있었다. 엠마 진은 콜린을 도와주고 싶었다. 하지만 콜린은 자기의 도움을 원하지 않는 것 같았다.

콜린은 침대 위로 풀썩 몸을 내던졌다. 그 바람에 침대 옆 테이블 위에 놓여 있던 고양이 모양의 시계가 바닥으로 떨어져 부서졌다. 튀어나온 커다란 고양이 눈 두 개가 죽은 듯 허공을 쳐다보고 있었다.

콜린은 엉엉 울었다. 큰 소리로 울다가 가끔 숨이 넘어가는 소리를 내며 헐떡거리기도 했다. 그 소리에 엠마 진은 머리가 아팠다. 이제껏 들어 본 소리 중에서 가장 참기 어려운 소리였다. 사물함을 쾅 닫는 소리나 자동차 타이어가 갑자기 도로에서 끽 멈추는 소리보다 더 심했다. 그것은 비통의 소리였다. 스스로 조절할 수 없는 비참한 울음. 엠마 진도 이런 울음소리를 딱 한 번 들은 적이 있다. 아빠가 죽었을 때, 그때 바로 자기가 이런 소리를 내며 울었다.

콜린의 흐느낌을 피해, 콜린을 피해, 엠마 진은 창문 쪽으로 뛰어갔다.

“엠마 진!”
콜린이 불렀다.

엠마 진은 창문틀 위에 발을 올려놓고 목련 가지 속으로 기어올랐다.

"엠마 진, 하지 마!"

콜린이 소리쳤다.

엠마 진은 가지 사이로 내려가기 시작했다. 그런데 서두르다 보니 발이 미끄러져 차가운 공기 속으로 떨어지고 말았다. 아래로, 아래로, 아래로.

그리고 잠시 뒤, 엠마 진은 차가운 흙바닥에 누워 한낮의 겨울 하늘을 바라보고 있었다.

21

바닥에 등을 대고 반듯이 누워 있는 엠마 진의 머리가 옆으로 돌아가 왼쪽 귀가 땅에 눌렸다.

흙에는 온 세상이 들어 있었다. 탄생과 생존, 그리고 격렬한 죽음과 극적인 장면까지.

엠마 진은 어렸을 때, 그러니까 또래 친구들을 자세히 관찰하는 버릇이 생기기 전에는 주변의 자연을 관찰하며 대부분의 시간을 보냈다. 풀밭에 누워 종종 몇 시간씩 개미와 벌레, 벌, 풍뎅이, 하늘소, 딱정벌레 같은 것을 바라보거나, 바람에 날리는 풀의 움직임과 머리 위로 날아다니는 울새와 어치, 그리고 비둘기가 만들어 놓은 그림자 등을 관찰하곤 했다. 그러면서 엠마 진은 순간순간이 완벽하게 독특하고 매혹적이라고 느꼈다.

하지만 대부분의 사람들은, 감각 있는 엄마조차, 주변의 자연 세계에 대해 거의 관심이 없었다. 오직 아빠만 달랐다. 아빠는 관심이 많았다. 아빠는 자주 엠마 진과 함께 나란히 풀밭에 누워 자연을 느꼈다. 아주 조용히 누워서.

엠마 진은 자기 옆에 누워 있던 아빠의 모습을 기억하고 싶었다. 옆에서 자기를 톡톡 치던 아빠의 따스한 어깨, 자기 손가락과 함께 엮인 아빠의 기다란 손가락, 아빠의 속삭임과 낮게 울리던 웃음소리. 하지만 잘 떠오르지 않았다. 엠마 진의 머릿속에서 아빠가 사라졌다!

"엠마 진! 괜찮아? 아, 세상에!"

콜린의 목소리가 들렸다.

콜린이 무릎을 꿇을 때 엠마 진은 눈을 감았다. 콜린의 따뜻한 체온이 느껴졌다. 콜린의 손가락이 엠마 진의 머리카락을 부드럽게 쓰다듬었다. 콜린은 여전히 흐느끼고 있었지만, 아까보다는 차분해진 것 같았다.

"미안해! 정말 미안해!"

콜린이 엠마 진의 귀에 대고 속삭였다.

자동차가 가까이 다가오는 소리가 들렸다. 잠시 뒤 자동차 문이 쾅 닫히며 달려오는 발소리가 땅을 흔들었다.

"어떻게 된 거야? 콜린! 무슨 일이야?"

크고 날카로운 목소리였다.

"엄마! 엠마 진이 나무에서 떨어졌어! 엠마 진! 엠마 진이 나무에서 떨어졌어!"

22

이제 콜린은 더 이상 좀비가 아니었다.

콜린은 좀비가 되고 싶었다. 상냥하고 정상적인 콜린보다 좀비 콜린으로 사는 게 더 쉬웠기 때문이다. 좀비 콜린은 아무것도, 어느 누구도 신경 쓸 필요가 없었다. 평소의 착한 콜린은 세상의 모든 것에 대해, 모든 사람에 대해 너무 많은 염려와 걱정을 했다.

하지만 결국 본래의 상냥한 콜린이 좀비 콜린보다 더 강했다. 풀밭에 누워 있는 엠마 진을 보자, 본래의 상냥한 콜린이 좀비 콜린으로부터 빠져나왔다.

물론 마음속에서는 치열한 전투가 벌어졌다. 엄마가 못 하게 하는 비디오 게임 속의 전투처럼, 콜린의 마음속에서는 친절한 콜린과 좀비 콜린이 누가 더 힘이 센지 처절하게 싸웠다. 그리고 결과는, 친절한 콜린이 좀비 콜린의 엉덩이를 뻥

걷어찼다.

원래의 모습으로 돌아오자, 콜린은 눈물이 쏟아지기 시작했다. 엠마 진이 눈을 뜨고 일어나 앉은 뒤에도 콜린은 울음을 멈출 수 없었다. 엄마가 엠마 진을 부축해 집 안으로 데리고 들어갈 때에도 계속 울었다. 엠마 진의 엄마가 와서 엠마 진을 병원으로 데려가고, 나중에 엠마 진의 엄마로부터 괜찮다는 전화를 받았을 때에도 콜린의 울음은 멈추지 않았다. 콜린은 끝도 없이 울고 또 울었다.

좀비 콜린이 사라지자 콜린은 더 이상 엄마에게 거짓말을 할 수 없었다. 아픈 척 꾀병을 부릴 수가 없었다. 결국 콜린은 모든 것을 엄마에게 이야기했다. 로라가 케이틀린을 빼앗아 가려 했던 일, 부탁도 하지 않았는데 엠마 진이 로라에게 편지를 쓴 일, 그리고 사실을 알아낸 로라가 얼마나 자기를 괴롭히며 비난했는지까지.

"너무나 끔찍했어!"

콜린이 울부짖었다.

"괜찮아. 이제는 괜찮아."

엄마가 위로했다.

"아니야! 괜찮지 않아! 나는 엠마 진에게 너무 심한 말을 했어! 그렇기 때문에 절대로 괜찮지 않아!"

콜린이 소리를 질렀다.

"콜린, 제발 좀 진정하렴. 그건 사고였어! 그래서 아무도 너한테 화내지 않아. 콜린, 넌 왜 항상 모든 일을 그렇게 어렵게 생각하니?"

콜린은 고개를 떨어뜨린 채 절레절레 저었다.

엄마가 말했다.

"내가 널 위해 뭘 해야 할지 모르겠구나."

콜린은 알고 있었다. 엄마가 지금 자기를 위해 할 수 있는 일이 무엇인지. 엄마가 의자에서 일어나 콜린에게 가까이 오면 된다. 그리고 옆에 앉아 엄마 손으로 눈물을 닦아 주고, 이마 한가운데에 뽀뽀를 해 주면 된다. 그런 다음 콜린을 안고 이렇게 속삭이면 된다.

"아, 콜린! 나도 네 마음을 이해해! 염려하지 마! 엄마가 여기 있잖아. 엄마는 누가 뭐라 해도 널 이해하고 사랑해!"

그러면 콜린은 울음을 그칠 수 있을 것이다. 하지만 아쉽게도 엄마는 만져 주고, 안아 주고, 사랑해 주는 타입이 아니었다. 그냥 그런 성격이 아니었다.

그런데 엄마는 정말 걱정스러운 표정을 짓고 있었다. 딱 한 번, 엄마는 콜린의 손을 살짝 쓰다듬었다. 물론 그 정도로는 충분하지 않았다. 콜린은 여전히 울고 있었다. 지금까지 살면서 느낀 모든 슬픔이, 세상의 모든 슬픔이 콜린의 얼굴로 하염없이 쏟아져 내리는 것만 같았다.

23

엄마는 엠마 진을 데리고 곧바로 병원으로 갔다. 의사가 엠마 진을 진찰하는 데만 두 시간이 걸렸고, 의심이 가는 부분들을 자세히 확인하느라 한 시간을 더 기다려야 했다. 의사는 엠마 진의 갈비뼈가 부러졌다고 했다.

"하지만 넌 대단한 행운아야."

젊고 유능해 보이는 의사가 말했다. 의사의 나이는 비크램과 비슷해 보였고, 목소리도 비크램처럼 부드러웠다.

"이상한 말로 너를 겁주고 싶지는 않지만, 그 정도 높이의 나무에서 떨어졌는데 이만한 걸 보면, 누군가 너를 돌봐 주고 있다고 말할 수밖에 없구나."

엠마 진은 자기가 기억하는 것과 믿고 있는 것을 의사와 엄마에게 말하지 않았다. 하지만 엠마 진은 분명히 느꼈다. 나무에서 떨어질 때 목련 가지들이 길게 손을 뻗어 추락하는 속도를 느리게 해 주었음을. 물론 엠마 진도 자기의 이런 기억과 믿음이 납득하기 어려울 뿐더러 합리적이지 않은 생각임을 모르지 않았다. 어쩌면 통증을 완화시키기 위해 투여된 주사 때문에 정신이 몽롱해졌을지도 모른다.

"금방 나을 거야. 내가 약속할게. 건강했던 예전 모습을 곧 되찾을 거야."

엠마 진의 눈을 보며 의사가 말했다.

엠마 진은 자기의 원래 모습으로 돌아가고 싶었다. 여학생 화장실에서 콜린을 만나기 전으로. 또래 아이들의 일에 개입해서 후회되는 생각과 행동을 하기 전 모습으로.

엠마 진은 콜린의 문제를 해결하지 못했다. 오히려 새로운 문제를 일으켰고, 그 문제가 너무 커서 우주의 신비로운 법과 강력한 힘의 지배를 받으며 온 우주에 소용돌이치고 있는 것 같았다. 더욱이 엠마 진은 새로 생긴 문제의 핵심을 이해할 수가 없었다. 앙리 푸앵카레도 지금 자신이 겪고 있는 혼란 앞에서는 두 손을 들 것만 같았다.

엠마 진이 확실히 알고 있는 것은 이랬다. 비합리적이고 감정적인 어떤 힘에 떠밀려 엠마 진은 또래들의 무질서한 세계로 들어갔고, 그 세계에선 논리의 규칙이 적용되지 않는다.

엠마 진은 이런 무질서와 비논리를 두 번 다시 받아들이지 않으리라 결심했다. 그러기 위해 더 이상 학교를 다니지 않기로 마음먹었다. 자기 세계가 또래 아이들의 문제 때문에 방해

받도록 내버려 둘 수는 없었다. 엠마 진은 이제부터 자기 공부에만 몰두하기로 했다.

엠마 진과 엄마는 밤 열한 시가 넘어 집으로 돌아왔다. 어둡고 조용한 거실을 지나 부엌으로 걸어가는데, 바닥이 삐걱거렸다. 엄마는 엠마 진이 코트를 벗고 의자에 앉는 것을 도와주고, 토마토 수프 캔을 하나 따서 따뜻하게 데웠다.

엄마는 엠마 진이 오늘 일어난 여러 가지 일에 대해 더 이상 얘기하고 싶어 하지 않으리라 직감했다. 엠마 진은 아까 엄마에게 중요한 사실만 간단히 얘기했다. 수업을 마치고 콜린의 집에 갔다가 목련 나무에서 떨어졌다는.

엠마 진이 수프를 먹는 동안, 엄마는 옆에 조용히 앉아 있다가 주스를 한 잔 갖다 주고 사과도 깎아 주었다. 하지만 엠마 진은 수프 말고는 아무것도 먹을 수가 없었다. 수프를 다 먹고 계단을 오르는 엠마 진을 엄마가 부축했다.

“엄마 방으로 갈까?”

엄마가 물었다.

엠마 진은 고개를 저었다.

“너무 피곤해서 그냥 잘래.”

엄마는 엠마 진이 옷 갈아입는 걸 도와주고 잘 자라고 뽀뽀를 했다. 엠마 진은 침대의 이불 속으로 들어가 눈을 감았다. 몸에서 힘이 다 빠져나간 것처럼 가슴이 두근거리고, 다리가 아팠으며, 마음이 무거웠다.

엠마 진은 눈을 감았다. 그런데 막 잠이 들려는 순간, 눈을 번쩍 떴다. 엠마 진은 힘겹게 침대에서 일어나 천천히 앙리의 집으로 한 발 한 발 걸어갔다. 앙리는 오늘 하루 종일 새장 안에 갇혀 있었다! 불쌍한 앙리를 어떻게 잊어버린단 말인가.

엠마 진은 새장 문을 열었다. 엠마 진의 어깨 위로 날아와 앉는 앙리의 작은 몸이 어둠 속에서 어슴푸레 보였다. 하지만 엠마 진은 평소처럼 앙리에게 인사를 하기에는 너무나 피곤했다.

앙리가 작은 머리를 엠마 진의 볼에 살짝 기댔다. 엠마 진은 앙리가 자기를 이해하길 바라며 한동안 가만히 서 있었다. 손으로 앙리의 목을 부드럽게 긁어 주기도 했다. 하지만 피곤이 몰려오자 엠마 진은 더 이상 서 있기가 힘들었다.

엠마 진이 다시 침대로 가서 앉자 앙리가 날아오르더니 침대 머리 판에 내려앉았다. 마치 감시인이라도 되는 양 앙리는 고개를 꼿꼿이 들고 똑바로 앞을 바라보았다.

엠마 진은 다시 누워 눈을 감았다.

앙리가 새장 밖에서 밤을 보내는 건 평범한 일이 아니었다. 하긴 오늘 하루는 전혀 평범한 날이 아니었다.

다음 날 일어나 보니 날이 밝고 화창했다. 벌써 낮 열두 시가 한참 지난 시각이었다. 앙리는 엠마 진의 책상 위에 앉아 있었다.

엠마 진은 상쾌했다. 어제 본 콜린의 방에 깔린 꽃무늬 매트, 열린 창문, 목련 나무가 떠올랐다. 하지만 엠마 진은 애써 그 장면들을 마음에서 밀어냈다. 아무리 많은 생각이 떠올라도 자기가 목련 나무 아래의 차가운 흙으로 떨어진 사건에 대한 적절한 설명이 되지는 못했다. 엠마 진은 괜히 헛된 생각에 에너지를 낭비하고 싶지 않았다.

그보다는 지난 몇 주 동안 소홀히 한 일들을 하며 하루를 보내기로 마음먹었다. 엠마 진은 자기가 오랫동안 즐겨 하던 일들을 다시 해 보고 싶었다.

오늘 하루 일을 쉬기로 한 엄마가 엠마 진이 옷 입는 것을 도와주고, 아침으로 계란 요리도 해 주었다. 엄마는 영화를 보러 가거나 드라이브라도 하자고 제안했지만, 엠마 진은 거절했다.

엠마 진은 혼자 자기 방으로 올라와 책상 앞에 앉아 창밖을 내다보았다. 그러다 눈에 보이는 식물과 동물의 이름을 소리 내어 말하기 시작했다. 제일 가까운 곳에 서 있는 나무부터. 돌배나무, 호랑가시나무, 자작나무, 층층나무, 소나무, 물푸레나무……. 나무들의 라틴 어 이름도 크게 외웠다.

엠마 진의 마음이 강물처럼 흘렀다. 콜린이 생각났다. 윌도. 농구 캠프에 가기 위해 지금쯤 윌이 어떤 준비를 하고 있을지 궁금했다. 비크램과 애드와니 부인, 그리고 그들의 안마당에 서 있는 망고 나무도 기억났다. 라이트 선생님도 생각났고, 선생님과 함께 읽은 《앵무새 죽이기》의 끝 부분에 대한 흥미로운 의견도 떠올랐다.

엠마 진은 동물과 식물에 정신을 집중하기 위해 평소보다 두 배나 더 노력했지만 도무지 집중이 되지 않았다. 오히려 자기가 왜 이러고 있는지 의아하게 여겨지기까지 했다.

아빠와 엠마 진은 마당에 나란히 서서 한 사람이 먼저 웃음을 터뜨릴 때까지 동물과 식물의 이름을 빨리 교대로 암송하는 게임을 하곤 했다. 그때는 암송이 정말 재미있었다. 하지만 지금처럼 혼자 그 이름들을 외우는 게 무슨 의미가 있을까 싶었다.

엠마 진은 스케치북을 꺼내 지난 몇 년 동안 그린 그림들을 한 장씩 넘겨 보았다. 이국적인 나무들까지 포함해 여러 종류의 나무를 자세히 관찰하고 그린 것들이었다. 어떤 그림들은 완성하기까지 며칠이나 걸렸는데, 그림을 그리는 동안 얼마나 집중을 했는지 거의 먹지도 않고 종이에서 눈조차 떼지 않았다. 하지만 지금 이 그림들은 더 이상 엠마 진에게 영감을 주지 못했다. 연필을 들고 스케치북에 나무를 그리고 싶다는 생각은 더욱이 들지 않았다.

무엇보다 제일 나쁜 건 언제나 엠마 진을 차분하게 안심시키던 아빠의 층층나무였다. 층층나무를 보자 화가 났다. 심장도 빠르게 두근거리기 시작했다. 엠마 진이 원하는 건 아빠의 나무가 아니었다. 아빠의 사진이나 책, 가방이 아니었다. 엠마 진은 아빠를 원했다.

그러자 이상하고 비논리적인 생각이 엠마 진의 머릿속에 떠올랐다. 아빠는 이 세상을 떠났고, 엠마 진은 아빠 없이 살도록 남겨졌다는 깨달음이.

24

엄마가 머리를 부드럽게 쓰다듬으며 콜린을 깨웠다. 아침 아홉 시였다.

콜린은 어제 너무 많이 울어 퉁퉁 부은 눈을 뜰 수조차 없었다. 콜린의 베개는 아직도 축축했다.

엄마가 말했다.

"지금 바로 옷 갈아입어. 가는 동안 차에서 먹을 수 있게 머핀을 준비했어."

"어디 가는데?"

"함께 얘기할 사람이 있어."

콜린은 엠마 진을 보러 가는 거라고 예상했다. 하지만 아니었다.

"싫어! 나 고해 성사 하기 싫어!"

엄마의 차가 세인트 메리 성당 주차장으로 들어가는 걸 보고 콜린이 소리쳤다.

"고해 성사 하러 가는 거 아니야. 윌리엄 신부님이랑 대화하러 가는 거야."

엄마의 설명에도 불구하고 콜린은 칭얼거렸다.

"신부님이 아는 거 싫단 말이야!"

엄마가 안전벨트를 풀며 흥분한 콜린을 달랬다.

"콜린, 제발! 윌리엄 신부님이 너를 도와주실 거야."

엄마는 콜린의 손목을 잡고 성당의 철제문을 지나 사제관으로 이어지는 작고 삐꺽거리는 계단을 올라갔다. 성당에서 비서로 일하는 아흔네 살의 화이트 부인이 미소를 지으며 큰 목소리로 앉으라고 했다. 콜린은 화이트 부인이 권하는 철제 의자에 앉고, 엄마는 그냥 선 채로 콜린에게 말했다.

"너 혼자 들어가 신부님과 애기를 나누렴."

그 말에 콜린이 엄마의 손목을 꽉 붙잡았다.

"하지만 엄마……."

엄마는 콜린의 손을 잡아 뗀 뒤 잠시 꼭 잡고 있다가 놓으며 말했다.

"그렇게 하는 게 더 나아, 콜린."

엄마 목소리는 부드러웠고 두 눈은 활짝 열려 있었다. 콜린은 처음으로 엄마 눈동자가 자기와 똑같이 옅은 갈색이라는 사실을 깨달았다.

"신부님께 네 입으로 애기해. 신부님이 너를 도와줄 수 있게 모두 말씀드려."

엄마가 가다 말고 갑자기 돌아섰다. 엄마는 두 손을 뻗어 콜린의 어깨를 잡고 엄마의 따가운 양모 코트 안으로 끌어당겨 안았다.

"차 안에서 기다리고 있을게. 필요하면 불러."

엄마는 콜린을 남겨 놓고 문 밖으로 서둘러 걸어 나갔다.

콜린이 엄마를 따라 나가려는데, 뒤에서 문이 열렸다.

"콜린? 오늘 내 마음에 너처럼 예쁘고 작은 빛이 필요하다는 걸 어떻게 알았니?"

돌아보니 윌리엄 신부님이 미소를 짓고 서 있었다. 신부님의 옷깃은 약간 구겨져 있고, 숱이 많은 회색 머리카락도 엉클어져 있었다. 신부님의 목에는 글을 읽을 때만 쓰는 돋보기와 평화 봉사단(케네디 대통령이 1961년에 설립한 세계 평화 봉사단―옮긴이)에서 활동할 때 받았다는 나무 십자가가 걸려 있었다. 청소년부 모임에서 종종 신부님은 나무 십자가를 빼서 아이들에게 걸어 보라고 했다.

콜린은 신부님을 따라 작은 사무실로 들어갔다. 사무실에 들어서자 그동안 참았던 눈물이 또다시 터져 나왔다. 콜린은 훌쩍거리기 시작했다.

신부님은 콜린에게 울음을 멈추라고 하지 않았다. 대신 콜린 곁으로 다가와 몸을 살짝 기울이며 콜린의 팔을 토닥였다. 콜린은 훌쩍이며 그동안 일어난 일들을 힘겹게 얘기했다.

"그래서 엠마 진이 우리 집 나무에서 떨어졌어요."

"엄마한테 엠마 진이 괜찮다는 얘기는 들었다."

콜린은 고개를 끄덕였다.

"그런데 이 일을 겪으며 제가 깨달은 게 뭐냐면요……."

콜린은 깊은숨을 내쉰 뒤 말을 이었다.

"제가 진짜로 착한 사람은 아니라는 거예요. 물론 저는 좋은 사람이 되려고 노력하지만, 제 속마음은 결코 그렇지가 않아요. 저는 진심으로 다른 사람을 염려하는 게 아니었어요. 솔직히 그동안 제가 신경 쓴 사람은 오로지 저뿐이었어요."

신부님은 가끔 설교 시간에 마음이 탐욕스럽고 주위 환경에 아무런 관심이 없는 몰지각한 사람들에 대해 이야기하며 실망한 듯 고개를 젓곤 했다. 콜린은 지금 신부님이 자기를 그런 사람으로 여길 것 같았다.

"정말 죄송해요, 신부님."

콜린은 고개를 푹 숙였다. 신부님 얼굴을 보기가 무서웠다. 어쩌면 신부님은 콜린에게 성당의 청소년부에서 나가라고 할지도 모른다.

"많이 힘들지?"

"뭐가요?"

"친절하게 살고, 바른 일을 하는 것."

콜린은 이제부터 꾸중과 훈계가 시작된다고 생각했다.

"사람은 누구나 약간씩 이기적이고, 조금씩 생각이 부족

해. 별로 친절하지도 않고 말이야. 물론 나도 마찬가지고."

"신부님도요?"

콜린은 신부님을 쳐다보았다. 신부님의 얼굴에는 실망감이 아닌 희미한 미소가 감돌고 있었다.

"그럼. 내가 좀 피곤하거나 마음이 차분하지 않은 날에도 누군가 상담을 하러 찾아올 때가 있어. 그런 날이면 나는 그들의 문제에 진지하게 귀를 기울이지 않기도 해. 더 심할 때는 그런 문제로 고민하는 사람들이 부끄럽게 느끼도록 깔보기도 하지."

"정말요?"

신부님이 고개를 끄덕였다.

"때로는 천사 같은 화이트 부인이 보청기를 끼지 않아서 내 말이나 전화벨, 혹은 문 두드리는 소리를 듣지 못할 때가 있어. 그럴 때면 나는 또 부인에게 짜증을 낸단다."

콜린은 고개를 끄덕였다. 화이트 부인은 정말 다정한 분이었다. 그래서 콜린은 아무리 신부님이라도 귀가 거의 들리지 않는 화이트 부인을 당황하게 만드는 건 싫었다.

"나에게도 이런 일들이 종종 일어난단다. 이런 날 이해하겠니?"

콜린은 또 고개를 끄덕였다.

"그리고 나중에 내가 저지른 부끄러운 말과 행동을 떠올리면 나 자신이 너무 싫어져. 그러면 나는 여기, 바로 이 의자에 앉아서 나에게 '아, 네가 다 망쳤어!' 라고 말한단다."

콜린은 눈물 때문에 축축하게 젖어 이마에 착 달라붙은 앞머리를 넘기며 신부님을 똑바로 바라보았다.

"그런데 그런 순간에 나는 아주 중요한 사실을 떠올리지. 부끄러운 일을 바르게 만들 수 있는 사람이 바로 나 자신이라는 사실 말이야. 나는 문제를 안고 나를 찾아왔던 사람에게 전화를 걸어. 그리고 사실대로 말을 해. '맥스, 당신이 말한 그 문제에 대해 제가 좀 더 생각을 해 보았는데요. 우리 그 얘기를 조금만 더 나누는 게 어떨까요?' 라고 말이지. 그렇게 우리는 다시 대화를 하고, 전화를 끊을 때쯤 되면 그의 기분이 훨씬 나아졌다는 걸 알 수 있단다."

콜린은 신부님하고 이야기를 한 뒤 기분이 나아지는 사람의 마음을 충분히 공감할 수 있었다. 지금 자신의 기분도 한결 나아졌으니까.

"그리고 화이트 부인에게 냉정하게 굴고 난 뒤에는, 혼자 살짝 성당 밖으로 나가서 초콜릿을 사 온단다. 싸구려 말고, 가운데가 부드럽고 촉촉한 걸로. 화이트 부인은 그런 초콜릿을 좋아하거든. 너도 그런 걸 좋아하니?"

"그럼요! 얼마나 좋아하는데요!"

"나도 그렇단다."

신부님은 책상 위에 놓인 유리컵에 담겨 있는 물을 조금 마셨다. 그러고는 책꽂이에서 화장지 상자를 꺼내 콜린에게 건넸다. 콜린은 화장지 한 장을 뽑아 시원하게 코를 풀었다.

"저는 엠마 진에게 사과할 거예요. 그러니까 제 말은, 정식으로 다시 사과할 거라고요."

"그래, 나도 네가 잘하리라 믿는다."

신부님의 얘기를 들으며 콜린은 생각했다.

'난 잘할 수 있어! 엠마 진을 집으로 초대해 함께 팝콘을 만들어 먹거나 구슬 목걸이를 만들 수도 있고……. 엠마 진이 원한다면 우리 둘이 나란히 앉아 나무를 바라볼 수도 있겠지. 혹시 또 알아? 나무를 보는 게 정말 재미있을지! 그리고 케이틀린과 발레리, 미셸에게도 엠마 진이 나를 도와주기 위해 어떻게 했는지 정확히 설명할 거야. 그 아이들도 엠마 진을 잘 알게 되면, 엠마 진이 그렇게 이상한 아이가 아니란 걸 깨달을 거야. 설령 엠마 진이 약간 이상해 보이더라도, 사실은 아주 좋은 사람이기 때문에 그런 건 별로 중요하지 않다고 말해 줘야지.'

콜린은 자기를 윌리엄 신부님에게 데려온 엄마가 무척 현명했다고 생각했다.

"아기일 때부터 내가 널 줄곧 지켜보았다는 걸 알지?"

신부님이 말했다.

당연히 콜린은 알고 있었다. 콜린이 태어나고 몇 주 지났을 때 세례를 주신 분이 바로 윌리엄 신부님이었다.

"그리고 진정 위엄 있는 성직자의 권위로, 나는 네가 착한 사람이라고 말할 수 있단다."

"정말요?"

콜린은 웃지 않으려고 했지만, 어쩔 수 없었다.

"그렇게 말씀해 주셔서 정말 감사해요."

"지금부터 나랑 한 가지 약속할 수 있겠니?"

"그럼요, 뭐든지요!"

신부님은 손뼉을 한 번 치더니 차분한 목소리로 말했다.

"앞으로도 힘든 싸움을 절대 멈추지 마라!"

신부님은 청소년부 모임에서처럼 환한 미소를 지으며 발을 한 번 굴렀다.

"네, 멈추지 않을게요."

그때 화이트 부인이 문을 열고 말했다.

"신부님, 부르셨어요? 뭘 도와 드릴까요?"

신부님과 콜린은 서로를 바라보며 미소를 지었다.

신부님이 일어서며 말했다.

"화이트 부인, 저는 항상 당신이 필요해요! 저와 콜린에게 어제 드린 초콜릿 몇 개만 주실 수 있나요?"

25

다음 날 오후, 엠마 진이 앙리의 집을 청소하고 있을 때였다. 창밖으로 아주 놀라운 광경이 펼쳐졌다. 케이틀린, 발레리, 미셸을 데리고 콜린이 활기차게 걸어오고 있었다!

네 사람의 행진은 엠마 진의 집 앞 벽돌 길과 현관으로까지 이어졌다. 그리고 초인종이 울리더니, 경쾌하고 명랑한 목소리들이 왁자지껄 들려왔다. 이윽고 현관문 열리는 소리가 들렸다.

몇 분 뒤 엄마가 방으로 들어왔다.

"엠마 진, 학교에서 친구들이 찾아왔어."

"그 아이들은 내 친구가 아니야."

"아이들은 네 친구라고 하던데?"

"아이들이 정확히 뭐라고 했는데?"

"'안녕하세요, 저희는 엠마 진의 친구들이에요. 엠마 진을 보고 싶어서 찾아왔어요. 엠마 진이 많이 좋아졌나요?' 라고 말했지."

"아이들이 정말 그렇게 말했어?"

"응."

"아이들이 그렇게 말한 게 확실해?"

"그럼! 그리고 너 주려고 과자와 숙제도 가져왔어."

"난 다시는 학교에 가지 않을 거니까 숙제는 필요 없어."

"뭐라고? 엠마 진, 학교에 가야지! 며칠만 지나면 몸이 훨씬 좋아질 거야."

엠마 진은 자기의 계획을 엄마에게 설명할 생각이었다. 하지만 지금은 적당한 때가 아니었다. 엄마가 엠마 진의 손을 잡아끌며 말했다.

"빨리 가자! 네 친구들을 마냥 기다리게 할 수는 없잖아. 그건 너무 무례하지 않니."

엠마 진은 엄마를 따라 머뭇거리며 계단을 내려갔다. 그리고 자기를 기다리고 있는 아이들에게 다가가며 슬그머니 엄마 손을 잡았다. 아이들이 엠마 진을 빙 둘러싸자, 엄마가 엠마 진의 손을 놓았다.

"네가 괜찮은지 궁금해서 들렀어!"

콜린이 말했다.

"맞아!"

발레리가 맞장구를 쳤다.

"정말 그래. 모두들 너를 보고 싶어 해!"

케이틀린이 소리 높여 말했다.

"모두 다!"

미셸이 외쳤다.

아이들이 엠마 진에게 한 걸음 더 다가왔다.

콜린이 말했다.

"네가 얼른 다 나아서 금요일에는 학교에 오면 좋겠어. 금요일에 열리는 레프러콘(장난을 좋아하는 요정―옮긴이) 댄스파티 기억하지?"

레프러콘 댄스파티는 성 패트릭의 날을 기념해 열리는 특별 행사였다.

엠마 진은 학교 현관 벽에 붙어 있던 댄스파티 광고 포스터가 떠올랐다. 파티가 열릴 식당의 모습도 상상이 되었다. 사람들로 북적이는 시끄러운 실내는 지나치게 달아오른 분위기로 끈적거릴 것이다. 음악과 춤, 음식과 음료수도 넘쳐날 것이다. 아무튼 엠마 진은 한 번도 파티 티켓을 살 생각은 하지 않았다.

"우린 다 함께 갈 거야."

콜린이 말했다.

"맞아."

발레리가 이어 말했다.

"그럼, 당연하지!"

케이틀린이 외쳤다.

"모두 같이."

미셸이 덧붙였다.

'같이'라는 말에 자기도 포함되어 있음을 엠마 진이 깨닫기까지는 약간의 시간이 걸렸다.

엠마 진은 '나는 아니야.'라고 말하려고 입을 열었다. 하지만 놀랍게도 입에서는 '그래.'라는 말이 나오려고 했다. 엠마 진은 얼른 입을 다물었다.

엠마 진이 정말 춤을 추러 파티에 가고 싶은 걸까? 아니, 물론 그럴 리는 없었다.

엠마 진은 자기를 추스르며 말했다.

"아니야, 괜찮아. 난 댄스파티에 가지 않을 거야."

"왜?"

콜린이 물었다.

"왜 안 돼?"

발레리도 물었다.

"우리 같이 가자!"

케이틀린이 말했다.

"넌 꼭 가야 해!"

미셸이 다짐을 받듯 말했다.

"미안해."

엠마 진이 다시 거절했다.

아이들은 서로를 쳐다보며 어깨를 으쓱했다. 그리고 실망스러운 듯 눈썹을 올리며 나직이 한숨을 쉬었다.

잠시 뒤 콜린이 이제 그만 가겠다고 했다.

"엠마 진, 너는 이번 일로 정말 많이 실망했을지도 몰라. 아, 네가 지쳐 보인다는 말은 아니고. 넌 물론 평소처럼 아주 멋져! 다만 지금은 너에게 휴식이 좀 필요할 거야. 또 아니? 푹 쉬고 나면 너도 마음을 바꿔 함께 춤을 추러 가고 싶을지 말이야. 우리와 함께!"

"맞아!"

발레리가 말했다.

"바로 그거야!"

케이틀린이 맞장구를 쳤다.

"우리와 함께!"

미셸이 소리쳤다.

엠마 진은 아이들에게 선물을 가져다주어 고맙다고 인사했다. 아이들은 또다시 높고 명랑한 목소리로 작별 인사를 하고는 산뜻하게 칠한 손톱들을 부지런히 흔들며 떠났다.

엠마 진은 긴 여행에서 막 돌아온 사람처럼 어리둥절한 기분이었다.

부엌으로 가자, 엄마가 엠마 진을 기다리고 있었다.

두 사람은 함께 부엌 식탁 앞에 앉았다.

"사랑스러운 아이들 같구나."

“응.”

“네가 학교에 가지 않으면 저 아이들이 실망할 거라는 생각은 안 드니?”

엠마 진은 잠시 생각을 했다.

“아니야. 아이들은 나를 그리워하지 않을 거야. 몇 주 전까지만 해도 나는 저 아이들과 거의 얘기를 한 적도 없어.”

“지금은 어때? 아이들은 스스로 네 친구라고 했잖아.”

엠마 진은 고개를 저었다.

“아이들은 너무 복잡해.”

그러자 엄마가 살짝 고개를 저으며 미소를 지었다. 엠마 진에게는 뜻밖의 반응이었다.

“웃어서 미안해, 엠마 진!”

그리고 잠시 뒤, 엄마의 얼굴에서 미소가 사라졌다.

“내가 웃은 이유는…… 네 아빠도 항상 너와 똑같은 말을 했거든.”

“아빠가?”

엠마 진은 냉장고에 붙어 있는 아빠의 사진을 바라보았다.

“응. 너도 잘 알겠지만, 아빠는 사람들과 관계 맺는 일이 자연스럽지 않았어. 아빠는 무지 노력해야 했어. 그리고 엠마 진, 네가 이 세상에 태어났을 때, 우리는 정말 미치도록 너를 사랑했단다! 아빠는 너에게 이 세상의 모든 것을 다 보여 주고 싶어 했어! 너야말로 여러 가지 면에서 아빠를 이 세상으로 데려온 사람이었지. 네 덕분에 아빠가 사람들과 교류하는 게 훨씬 쉬워졌거든. 아빠가 학교에서 가르치는 학생들을 얼마나 좋아했는지 기억나니? 그리고 학생들도 아빠를 얼마나 사랑했는지!"

엠마 진은 아빠의 장례식에 온 수많은 학생이 떠올랐다. 그들은 하나같이 아빠가 얼마나 훌륭한 선생님이었는지를 엠마 진과 엄마에게 울면서 얘기했다.

"엠마 진, 네가 화장실에서 울고 있는 콜린을 보고 도와주려고 노력한 건 참 잘한 일이야."

엄마가 부드러운 목소리로 말했다.

"그걸 어떻게 알았어?"

"콜린 엄마가 전화를 했어. 얘기가 길어서 다 듣기까지 네 번이나 통화를 했지. 정말 대단한 이야기더구나."

"내가 쓴 편지에 대해서도 말했어?"

엄마가 고개를 끄덕였다.

"응. 그리고 앞으로 참고하라고 하는 말인데, 아무리 좋은 목적을 위해서라도 편지를 위조하는 건 옳지 않은 일이야."

"하지만 나는 아무것도 해결하지 못했어. 오히려 나는 콜린을 더욱 불행하게 만들었어. 결과적으로 내가 콜린의 문제를 더 나쁘게 만든 거야."

엄마가 엠마 진에게 다가갔다.

"내가 하는 말 잘 들어, 엠마 진."

"난 항상 엄마 말을 잘 들어."

엄마는 미소를 지으면서 엠마 진의 손 위에 자신의 손을 얹었다.

"살다 보면 모든 일이 늘 우리의 바람대로 되지는 않아. 우리가 아무리 노력해도, 우리는 가끔 상처를 받고, 종종 울기도 해. 네가 경험한 것처럼…… 나무에서 떨어지기도 하겠지? 그런데 중요한 건 우리가 다시 일어설 수 있다는 사실이야. 다음에는 같은 나무에 또 오르지 않을 테고, 만약 오르더라도 나무를 더 세게 붙잡겠지."

엄마는 일어서서 냉장고에 붙어 있는 아빠의 사진을 조심스레 떼었다. 그러고는 엠마 진 옆에 무릎을 꿇고 앉아 아빠 사진을 엠마 진 손에 쥐여 주었다. 마치 아빠가 사랑과 염려로 두 사람을 지켜 주는 것 같았다.

"아빠가 가장 좋아하는 말이 뭐였는지 아니? 물론 앙리 푸앵카레가 한 말이었지."

엄마는 엠마 진의 머리카락을 넘기며 귀에 대고 속삭였다.

"우리는 논리로 증명하지만, 인생의 가능성은 마음으로 발견한다."

처음 듣는 말이었다. 엠마 진은 머리가 복잡해졌다. 갑자기 자기가 앙리 푸앵카레를 전혀 이해하지 못하는 것 같았다.

"나는 다른 사람들과 달라."

엠마 진이 말했다.

“그래, 맞아. 아주 많이.”

엄마는 엠마 진의 볼을 타고 흐르는 눈물을 닦아 주며 말을 이었다.

“이제 너도 그 사실을 받아들일 때가 된 것 같구나.”

26

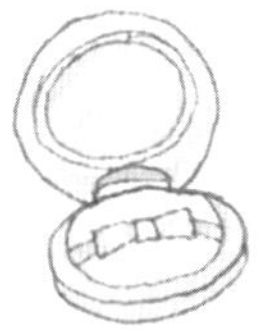

학교 식당은 초록색의 크리스마스 불빛, 초록색과 하얀색의 반짝이 장식, 그리고 천장에 매달린 토끼풀 장식 등으로 화려하게 빛났다. 콜린은 벽에 붙일 큰 광고를 친구들과 함께 만들었다.

'레프러콘 댄스파티에 오신 걸 환영합니다!'

가까이에서 보면 글자가 좀 삐뚤어지긴 했지만, 사람들이 알아차릴 정도로 눈에 띄게 흉하지는 않았다.

무대를 만들기 위해 식탁과 의자는 모두 벽 쪽으로 밀어 놓았다. 미셸, 발레리, 케이틀린은 무대 한가운데에 한 줄로 서서 춤을 추고 있었다. 세 사람은 신 나게 춤을 추다 멈추기를 반복했다.

콜린도 친구들과 함께 즐겁게 놀고 싶었다. 하지만 지금 콜린에게는 더 중요한 일이 있었다. 콜린은 온 신경을 집중해 로라에게 할 말을 정리해 보았다.

지난 이틀 동안 콜린은 학교에서 로라를 피했다. 콜린은 에스파냐 어 수업이 끝나는 종이 울리면 곧바로 교실을 나갔고, 점심시간에는 일부러 수학 보충을 신청해 다른 교실로 공부하러 갔다. 화장실도 여학생 화장실이 아닌 교사 화장실을 몰래 이용했다(당연히 아주 급할 때만).

로라가 당장이라도 자기를 아무도 없는 교실 한구석으로 몰아가거나, 엠마 진의 방에서 훔친 파일을 자기 얼굴 앞에서 흔들어 대거나, 교장실로 자기를 끌고 갈 것 같은 두려움이 콜린의 머릿속에서 떠나질 않았다. 그런데 이상하게 로라는 콜린을 쳐다보지도 않는 것 같았다. 이건 또 무슨 새로운 형태의 고문일까?

하지만 이제는 정말 아무래도 상관없었다. 콜린은 모든 일을 바로잡을 계획이었다. 콜린은 이제 더 이상 아무것도 두려워하고 싶지 않았다. 만약 또 두려워한다면 좀비 콜린이 다시 자기 인생에 끼어들지도 모른다. 그런 일이 또 일어나게 할 수는 없었다! 그렇기 때문에 콜린은 끔찍하고 비열한 로라와 꼭 한 번은 얼굴을 마주 보고 얘기해야 했다. 콜린은 이 도전을 기꺼이 받아들이기로 굳게 마음먹었다.

콜린은 용기를 내어 푸른색 티셔츠를 입고 모자를 쓴 채 땀을 뻘뻘 흘리는 아이들 사이로 걸어갔다. 로라는 무대 끝에서 음악에 맞춰 몸을 흔들고 있었다. 로라의 시선은 천장에 붙어 있는 토끼풀을 떼기 위해 친구들과 함께 껑충껑충 뛰고 있는 윌을 향하고 있었다. 로라의 두 눈은 꿈을 꾸는 것처럼 환상에 젖어 있었다. 전에 사이가 좋았을 때, 로라는 아무래도 자기가 윌과 운명적인 한 쌍인 것 같다고 콜린에게 말했다. 그리고 오늘 밤 댄스파티에서 윌에게 자기 마음을 고백하겠다고 했다.

"우리야말로 최고로 환상적인 커플이 되지 않겠니?"

로라가 황홀한 듯 말할 때, 콜린은 "당연하지!"라고 바로 응수했다.

물론 윌이 로라를 좋아하는지는 알 수 없었다. 콜린이 보기에도 윌은 정말 귀여웠지만, 윌은 여자아이들보다는 농구에 더 관심이 있는 것 같았다.

콜린은 숨을 한 번 깊이 들이마시고, 앞으로 걸어가 로라의 어깨를 톡톡 쳤다.

로라가 뱅그르르 돌아서며 물었다.

"왜?"

"로라, 그동안 일어난 모든 일에 대해 너한테 미안하다고 말하고 싶어……."

로라는 마치 샐러드 위에 앉은 파리 한 마리를 발견한 것처럼 불쾌한 표정으로 콜린을 쳐다보았다. 하지만 콜린은 움츠러들거나 물러서지 않았다.

"일이 좀 복잡해졌어. 그리고……."

콜린의 심장이 미친 듯 두근거렸다. 콜린은 잠깐 말을 멈추고 숨을 가다듬었다.

"뭐?"

로라가 물었다.

"나도 네가 화났다는 걸 알아. 하지만 엠마 진은 정말로 상황을 제대로 이해하지 못했어. 그러니까 네가 교장 선생님을 찾아가 그 파일을 보여 줄 때, 반드시 이 부분을 설명해야 해. 만약 네가 하지 않으면 내가 할 거야."

로라는 눈을 굴리며 웃었다. 마치 콜린이 세상에서 가장 어이없는 농담이라도 한다는 듯.

"콜린, 너 그거 아니? 너랑 엠마 진 두 사람은 정말 행운아야. 왜냐하면 파이프가 터졌거든. 하필이면 파이프가 내 사물함 위에서 터지는 바람에 모든 게 다 젖었어. 엠마 진의 파일을 포함해서 말이야."

"누수?"

"바로 그거야. 쓸모없는 요한센 아저씨가 파이프를 고치려다 오히려 부숴 버렸다고. 그 바람에 엄청나게 많은 물이 내 사물함 안으로 쏟아졌지."

"어머, 세상에! 정말 황당하다."

"아무튼, 그래서 이제 끝났어. 알겠니? 나는 솔직히 그런 스키 여행 따윈 조금도 가고 싶지 않았어. 케이틀린네 콘도가 그렇게 후지다며? 그리고 엠마 진은 세상에서 제일가는 머저

리야. 걔는 정말 구제 불능이라고.”

“하지만…….”

로라는 손을 내저으며 콜린의 말을 막았다.

“나는 이 모든 일에 넌더리가 나. 그러니까 우리 이제 그냥 다 끝났다고 하자, 어? 모두 다 끝났다고.”

로라는 더러운 먼지라도 털어 내듯 손을 탁탁 털었다.

“그리고 우리는 이제 옛날처럼 친구야.”

이렇게 말하며 로라는 다시 윌을 돌아보았다.

“진짜야?”

콜린이 미소를 지으려 애쓰며 물었다.

로라는 다시 손을 내저었다.

“그래.”

“음, 좋아! 그러면 우리 나중에 다시 얘기하자, 알겠지?”

“응.”

로라는 콜린을 쳐다보지도 않고 건성으로 대답했다.

마침내 콜린은 도전에 성공했다! 이제 다 해결되었다! 이제부터는 모든 일이 전과 같아질 것이다. 콜린이 화장실에서 엠마 진을 만난 아침 이전과 같이.

콜린은 문득 제자리에 멈추어 섰다. 그리고는 운동화를 타일 바닥 위에서 찍찍 문지르며 한동안 가만히 서 있었다.

‘잠깐! 옛날처럼이라고? 내가 매사에 너무 많이 신경을 쓸 때처럼? 내가 다른 사람을 화나게 하거나 무슨 잘못을 저

지를까 봐 늘 조바심치고 두려워하던 때처럼? 이게 정말 내가 원하는 것일까?'

콜린은 대답을 떠올리기도 전에 어느새 로라에게 달려가고 있었다. 콜린은 생각을 하고 있지 않았다. 지금은 좀비가 아닌 다른 무엇이 콜린을 조종하고 있었다. 무언가 새롭고, 좋고, 강한 것이. 무언가 용감한 것이.

"아니야!"

콜린이 로라에게 외쳤다.

"뭐라고?"

"다시 말할게. 지금까지 일어난 모든 일에 대해 나는 너한테 하나도 미안하지 않아."

"너 지금 뭐 하는 거야?"

로라가 어이없다는 표정으로 콜린의 말을 끊었다.

아주 잠깐 콜린은 용기를 잃었다. 자기가 지금 무슨 짓을 하고 있는 걸까 싶었다. 케이틀린이 어디에 있는지 고개를 돌려 찾아보았다.

그때 놀라운 일이 벌어졌다. 콜린의 눈앞에서 로라 길로이가 침팬지로 변했다! 콜린은 침팬지 로라를 쳐다보며 가까이 다가갔다. 그러자 로라가 한 걸음 뒤로 물러났다. 콜린은 로라를 똑바로 바라보며, 가슴을 약간 앞으로 내밀고, 입을 살짝 벌려 치아 교정기를 드러내며 또박또박 말했다.

"너는 나쁜 짓을 했어!"

처음에는 작은 소리였다. 하지만 콜린의 목소리는 점점 커졌다.

"너는 케이틀린을 꼬드겨서 나 대신 너를 스키 여행에 초대하게 만들었어. 그런 행동이 나에게 상처를 준다는 걸 네가 모를 리는 없었겠지!"

침팬지 로라는 작아지고 있었다. 반대로 콜린은 커지는 것 같았다.

"너는……."

가장 정확한 말을 찾기 위해, 가장 알맞은 말을 찾기 위해 콜린은 잠시 말을 더듬었다.

"로라 길로이, 넌 정말 못됐어!"

세상에! 정말 콜린이 이렇게 말했단 말인가?

콜린은 머리를 세게 한 대 얻어맞은 것 같은 표정으로 입을 벌린 채 서 있는 로라를 뒤로한 채 돌아섰다. 걸을 때마다 심장이 쿵쾅쿵쾅 요동을 쳤다.

이제 로라와 콜린 중 과연 누가 알파 침팬지일까?

27

아침 일찍 동이 틀 무렵, 카레 소스를 뿌린 계란 냄새가 엠마 진을 잠에서 깨웠다. 갈비뼈의 통증 때문에 가슴을 움츠리면서도 엠마 진은 서둘러 몸을 일으켰다. 가운을 걸치고, 슬리퍼를 신은 다음, 앙리의 집을 열어 준 엠마 진은 빨리 계단을 내려갔다. 엠마 진의 어깨에 앉은 앙리는 떨어지지 않으려고 발톱으로 엠마 진의 어깨를 꾹 눌렀다.

아래층 복도에 놓인 낯익은 여행용 가죽 가방과 천 가방이 보였다. 부엌으로 들어가 보니 비크램이 스토브 앞에서 냄비에 몸을 구부린 채 서 있었다.

엠마 진은 비크램에게 물어보고 싶은 게 아주 많았다. 애드와니 부인의 건강은 어떤지, 고국에 다녀오는 길은 어떠했는지, 미래의 계획은 세웠는지…… . 엠마 진의 마음속에는 이런 질문들이 잘 정돈되어 있었다.

엠마 진이 입을 열고 말을 꺼내려는 순간, 비크램이 엠마 진을 향해 돌아섰다. 두 사람의 눈이 마주치자 비크램이 두 팔로 부드럽게 엠마 진을 안았다. 엠마 진은 비크램의 가슴에 자기의 볼을 댔다.

그러자 이상하게도 수많은 질문이 엠마 진의 머릿속에서 사라져 버렸다.

"저, 나무에서 떨어졌어요."

한참 그러고 있다가 두 사람이 떨어지는 순간 엠마 진이 말했다.

"그래, 나도 알아. 엄마가 전화하셨어."

"엄마가요?"

"응."

"아저씨 어머니는 어떠세요? 다 회복되셨어요?"

"응. 나에게 어서 돌아가라고 재촉한 사람이 바로 어머니였어. 어머니가 너를 가장 염려하셨거든."

"아, 네."

엠마 진은 자기가 애드와니 부인에게 보낸 편지를 잊지 않고 있었다. 그 편지가 대서양이나 인도양, 또는 넓은 아프리카 대륙을 날아가는 도중 어디에선가 사라져 버렸기를 바랐다. 자기의 편지가 바다에 떨어져 짠 소금물에 주소가 얼룩져 읽을 수 없게 되길 바랐다.

"어머니는 너를 무척 만나고 싶어 하서. 그래서 오는 6월에 이곳으로 오시겠다고 했어."

마치 어떤 중요한 문서를 해독하려는 사람처럼, 비크램이 엠마 진을 뚫어지게 바라보며 말했다.

"너랑 나누고 싶은 얘기가 많다고 전해 달라고 하셨어."

"네……. 어…… 애드와니 부인께서 제가 인도에 관심이 많다는 걸 아셨나 봐요."

"물론이지. 어머니는 너와 함께 인도에 대한 얘기도 나누고 싶으실 거야."

"그렇겠죠."

약간 석연치 않은 마음으로 엠마 진이 대답했다.

"참, 어머니가 너에게 보낸 게 있어."

비크램은 얼른 복도로 가서 여러 겹의 종이로 싼 꾸러미 하나를 들고 와 엠마 진에게 건넸다.

"어머니는 이게 네 마음에 들기를 진심으로 바라서. 나도 어머니를 도와 밤낮으로 함께 만들었단다."

그때 엠마 진의 엄마가 부엌으로 들어오다 비크램을 보고 소리쳤다.

"어머, 비크램! 비행기가 예정보다 일찍 도착했나 봐요!"

비크램이 엄마를 보고 미소를 지었다. 엄마의 얼굴에 부엌 창문으로 들어오는 아침 햇살처럼 밝고 순수한 미소가 번졌다. 엄마는 애드와니 부인의 회복 상태에 대해 비크램에게 묻느라 바빴다. 엠마 진은 비크램이 준 꾸러미를 들고 부엌을 나왔다. 앙리도 엠마 진의 뒤를 따라 날아왔다.

엠마 진은 갈비뼈에서 퍼지는 아픔을 참으며 계단을 올라가 자기 침대에 앉았다. 그리고 여러 겹의 종이를 천천히 벗겨 내고 애드와니 부인이 보낸 선물을 풀어 보았다.

꾸러미 속에서 엠마 진의 퀼트 이불이 나왔다. 이불을 흔들어 펼치던 엠마 진은 깜짝 놀랐다.

퀼트 이불의 가장자리에 달려 있던, 닳아서 얽힌 정사각형들이 모두 사라졌다. 대신 그 자리에 밝은 색의 실크로 만들어진 정사각형들이 알록달록한 색깔의 실로 촘촘하게 꿰매져 있었다. 새로운 실크 정사각형들은 옛날 것과 조금도 닮지 않았다. 아빠가 처음에 만든 모양과는 전혀 달랐지만, 새로운 실크 조각들은 보석처럼 눈부시게 아름다웠다.

엠마 진은 잠시 머뭇거리다가, 살며시, 조심조심 새 퀼트 이불을 어깨에 둘러보았다. 옛날처럼 편안하고 익숙한 느낌이 밀려왔다.

엠마 진은 그대로 침대 머리에 몸을 기냈나. 냄비들이 부딪히는 소리와 비크램의 낮은 목소리가 아래층에서 들려왔다. 엄마의 명랑한 웃음소리가 마늘향과 카레 냄새와 함께 계단을 따라 올라왔다.

갑자기 엠마 진은 무엇이, 자기의 깊은 곳 어디에선가 익숙하지는 않지만 활기 같은 것이 올라옴을 깨달았다. 퀼트의 새로운 네모난 천 조각들처럼 눈부시게 밝은 무엇이 엠마 진의 혈관을 타고 흐르는 것 같았다.

엠마 진은 이 느낌의 정체가 무엇인지 궁금해하며 그냥 그 대로 침대에 기대앉아 있었다. 이 새로운 느낌이 오래도록 가라앉지 않기를 바라며.

앙리가 날아와 엠마 진의 어깨에 내려앉았다. 엠마 진은 자기 볼을 앙리의 작은 볼에 댔다. 그리고 퀼트 이불을 더욱 꼭 안았다.

엠마 진은 자기를 향해 미소 짓고 있는, 벽에 걸린 아빠 사진을 보았다. 두 사람은 한동안 서로를 바라보았다. 아빠가 엠마 진을 안심시키기 위해 고개를 끄덕이는 것 같았다. 엠마 진도 아빠를 보며 고개를 끄덕였다.

그날 저녁, 엠마 진과 엄마, 그리고 비크램은 함께 영화를 보러 나갔다. 세 사람은 비크램의 차에 탔다. 하늘에 달도 없는 어두운 밤이었지만, 길옆의 윌리엄 글래드스턴 중학교는 환하게 빛나고 있었다.

엠마 진도 기억하고 있었다. 레프러콘 댄스파티. 귀가 터질 듯한 시끄러운 음악과 깨끗하지 않은 커다란 그릇에 담긴 맛없는 과자들이 떠올랐다. 아이들이 얼마나 소리를 질러 대며 거칠게 변했을지 안 봐도 눈에 선했고, 음악과 소음이 뒤엉켜 귓전을 때리는 게 생생했다. 식당 바닥은 흘린 음료수 때문에 이곳저곳 끈적거릴 테고, 실내 공기도 굉장히 습하고

더울 것이다. 어떤 아이가 실수로 엠마 진과 부닥치기라도 하
면, 채 아물지 않은 갈비뼈가 무척 심하게 아플지도 모른
다…….

엠마 진이 비크램에게 말했다.

"아저씨, 잠깐 학교 주차장으로 가서 저 좀 내려 주세요."

28

비크램의 자동차가 떠난 뒤에도 엠마 진은 한동안 학교 앞에서 꾸물거렸다. 창문에 낀 서리를 보면, 식당 안이 짐작대로 매우 따뜻하다는 걸 알 수 있었다. 학교의 얇은 벽을 뚫고 아이들의 요란한 목소리와 음악 소리가 밤공기를 가르며 날아다녔다.

엠마 진은 뒤돌아 차도 쪽을 바라보았다. 어둡지만 조용한 길을 따라 빨리 걸어가면 집까지 금방 갈 수 있을 것 같았다. 넓게 드리워진 느릅나무 그림자와 야생 동물들의 보살핌을 받으며 10분이면 집에 도착해 친구 앙리와 함께 조용한 방에서 아늑하게 쉴 수 있을 것이다.

하지만 무엇인가가 엠마 진을 학교 교문 안으로, 현관 안으로, 식당 앞으로 나아가게 만들었다. 그리고 보이지 않는 손이 밀기라도 하듯 엠마 진 앞에서 식당 문이 활짝 열렸다.

그리고……..

"어머, 세상에! 너 왔구나!"

머리부터 발끝까지 진한 연두색 옷을 입은 콜린이 달려오며 외쳤다. 케이틀린, 발레리, 그리고 미셸이 그림자처럼 콜린 뒤를 따라 달려왔다.

"정말 놀랐어. 무슨 말을 해야 할지 모르겠어! 네가 올 것 같은 느낌이 들었어! 애들아, 그랬지? 내가 엠마 진이 오늘 여기 올 거라고 했지?"

콜린이 숨이 찬 듯 헐떡이며 말했다.

"맞아!"

케이틀린이 외쳤다.

"잘 왔어!"

미셸도 소리쳤다.

"콜린, 넌 그걸 어떻게 알았어?"

발레리가 물었다.

"야, 빨리 와!"

평소 쉬는 시간에 복도에서 케이틀린이나 발레리, 혹은 미셸의 손을 잡는 것처럼, 콜린이 엠마 진의 손을 잡아끌며 말했다. 엠마 진은 갈비뼈 사이에서 날카로운 통증을 느꼈다. 통증을 견디느라 숨을 참아야 했지만, 콜린의 손을 놓지는 않았다.

"춤출 준비 다 됐어?"

콜린이 실룩실룩 엉덩이를 흔들며 말했다.

요란한 음악 때문에 콜린의 목소리가 잘 들리지 않았다. 아이들은 엠마 진에게 수많은 아이로 북적이는 무대에서 같이 춤을 추자고 졸랐다. 엠마 진은 "싫어!"라고 몇 번이나 큰 소리로 말해야 했고, 자기 의사를 분명히 하기 위해 고개까지 절레절레 흔들어야 했다.

"좋아! 하지만 언젠가는 우리가 너를 무대로 끌어올리고 말 거야. 엠마 진, 우리가 반드시 해내리라는 거 알지!"

엠마 진은 친구들 옆에 서서 공중으로 다리를 차올리고 어깨를 흔들며 엉덩이를 돌리는 등 신 나게 춤추는 자기 모습을 상상해 보았다. 그리고 머릿속에 떠오른 이미지가 너무 웃겨 혼자 깔깔 웃었다.

그 웃음소리가, 엄마의 웃음소리처럼 맑은 웃음소리가 콜린과 다른 친구들을 깜짝 놀라게 했다. 아이들이 눈을 동그랗게 뜨고 엠마 진을 바라보았다.

엠마 진도 놀랐다.

하지만 엠마 진은 자기가 춤추는 모습을 다시 한 번 떠올리며 또다시 크게 웃었다.

이번에는 아이들도 덩달아 웃기 시작했다.

"너 정말 춤추기 싫은 거 맞아?"

콜린이 물었다.

"응, 확실해."

콜린과 아이들이 엠마 진 곁을 떠났다. 아이들은 폴짝폴짝 뛰며 함께 무대를 향해 가더니 어지럽게 움직이는 무수한 머리와 이리저리 흔들리는 팔들의 바다로 금세 사라졌다. 엠마 진은 흥에 겨운 아이들 모습을 흐뭇하게 바라보았다. 특히 콜린의 당당하고 활기찬 모습을.

엠마 진의 예상대로 식당 안의 공기는 축축하고 더웠으며, 시끄러운 음악은 민감한 고막을 심하게 자극했다. 발목에서 찰랑거리는 초록색 드레스를 우아하게 입은 라이트 선생님이 몇몇 선생님과 함께 무대 가장자리에 서 있었다. 라이트 선생님은 엠마 진을 보고 미소를 지으며 손을 흔들었다. 엠마 진도 선생님을 향해 손을 흔들었다.

비크램이 라이트 선생님의 남편이 될 수 없다는 게 아쉬웠다. 하지만 라이트 선생님처럼 똑똑하고 매력적인 여자에게는 앞으로도 많은 구혼자가 있을 것이고, 선생님도 알맞은 남자를 고르기 위해 바른 판단을 할 게 분명했다. 그래도 여전히 엠마 진은 라이트 선생님을 자기 집 저녁 식사에 초대하고 싶었다. 엠마 진이 좋아하는 라이트 선생님은 우아한 저녁 식사 테이블에 썩 잘 어울릴 것 같았다. 엠마 진은 주말에 초대장을 만들어 월요일에 선생님께 드리기로 마음먹었다.

라이트 선생님과 다른 선생님들이 있는데도 불구하고 몇몇 남자아이는 좀 심하게 장난을 하고 있었다. 그 가운데 제일 아찔한 장난을 하는 사람은 음료수가 가득 찬 2리터짜리 페트병을 공중으로 던지는 브랜든이었다.

페트병은 뱅글뱅글 돌며 공중에서 오르락내리락했고, 브랜든은 마치 풋볼처럼 떨어지는 페트병을 잡았다. 주변에 둘러서 있던 남자아이들의 환호성 때문에 흥분한 브랜든이 던지는 페트병은 높이 더 높이, 더 세게 허공으로 날아올랐다. 그러다 결국 어쩔 수 없이, 브랜든이 페트병을 잡지 못하자 거품으로 가득 찬 페트병이 바닥으로 떨어졌다. 곧바로 병뚜껑이 퍽 열리더니 열을 잔뜩 받은 탄산음료가 거품을 콸콸 뿜으며 브랜든의 얼굴로 분수처럼 뿜어져 올랐고, 바닥으로 흘러내리기 시작했다.

"아, 이런!"

브랜든이 소리쳤다.

엠마 진은 녹이 슨 커다란 싱크대에서 플라스틱 양동이에 물을 받는 요한센 아저씨를 보았다.

"안녕, 아가씨."

아저씨가 다가오는 엠마 진에게 미소를 지으며 인사했다.

"안녕하세요, 아저씨."

"그래, 재미있니?"

"네. 하지만 너무 시끄럽고, 너무 더워요. 참, 방금 전 무대 옆에 음료수가 쏟아졌어요. 어디인지 알려 드릴게요."

"아니야. 난 지금 급히 할 일이 있단다. 신경 쓰지 마라. 내가 좀 있다 치울 테니 가서 재미있게 놀아라."

아저씨는 양동이를 들어 물을 한 방울도 흘리지 않고 작은 바퀴가 달린 수레에 내려놓았다. 그러고는 구석에 있는 대걸레를 잡더니 나무 손잡이를 긴 총처럼 어깨에 올려놓았다.

아저씨가 말했다.

"나는 올해 말에 퇴직할 거야. 너도 알지?"

"아뇨, 몰랐어요."

엠마 진이 얼굴을 살짝 찌푸리며 말했다.

"나는 이 학교에서 34년 동안 일했어. 퇴직하면 아내와 함께 호수가 보이는 작은 집에서 살 거야. 그러면 손자 녀석들도 더 자주 볼 수 있겠지. 평온하고 조용한 생활이 될 거야."

"저도 아저씨가 평화롭게 사는 것은 기뻐요. 하지만 아저씨가 떠나면 학교 시설들이 오염될까 봐 걱정이 돼요."

"학교에서 나를 대신할 다른 사람을 찾을 거야. 새로운 사람이 오면 잘 배울 수 있게 네가 도와줄 거지?"

"네, 제가 도울게요."

"좋아. 그럼, 이제 가서 놀아라. 걱정하지 말고. 내가 여기 있는 한 아무도 너를 귀찮게 하지 못할 거야."

아저씨는 커다란 연장을 들어 올리며, 엠마 진을 향해 살짝 윙크를 했다.

댄스파티가 끝나기 몇 분 전 엠마 진은 화장실에 갔다. 물을 내리려는데 누군가 옆 칸으로 들어왔다. 벽 아래로 보니

불편해 보이는 높은 굽의 검은색 부츠와 초록색 벨벳 바지가 눈에 들어왔다. 로라였다.

엠마 진은 로라가 물을 내릴 때까지 옆에서 기다렸다. 엠마 진이 문틈으로 보니, 로라가 거울 앞에 서서 손가락으로 머리를 매만지며 거울 속에 비친 자기 얼굴을 보고 만족스런 미소를 짓고 있었다. 로라는 손을 씻지 않은 채 화장실을 나갔다. 엠마 진은 익숙한 그 모습에 놀라지 않았다.

엠마 진이 손을 깨끗이 씻고 화장실에서 나오다 보니, 복도 한쪽에서 로라와 윌이 이야기를 나누고 있었다. 엠마 진은 분수대 뒤로 재빨리 몸을 숨겼다. 로라의 목소리가 들려왔다.

"그 초콜릿, 내가 네 가방에 넣은 거야."

"아, 고마워."

"그러니까 너는 나랑 춤을 춰야 해! 사실 나는 오늘 밤 내내 이 순간을 기다렸어. 이제 파티도 거의 끝나 가잖아."

윌이 한 걸음 뒤로 물러서며 로라에게 말했다.

"방금 말했지만, 난 춤을 안 춰."

"나랑도?"

"응."

"에이, 그건 너무 심하다."

애교를 부리는 아기 같은 목소리로 로라가 말했다.

로라가 윌의 어깨에 두 손을 올리자, 윌이 얼른 몸을 빼며 말했다.

“나, 간다!”

로라는 식당으로 달려가는 윌의 뒷모습을 바라보았다.

잠시 뒤, 옅은 노란색 벽에 기대어 서 있던 로라는 구멍 난 헬륨 풍선처럼 서서히 바닥으로 주저앉았다. 그러더니 두 눈을 감고 이마를 초록색 벨벳 바지 무릎 위로 툭 떨어뜨렸다.

누가 보아도 정말 낙심한 모습이었다. 엠마 진은 윌에게 약간의 도움을 요청하고 싶었다. 엠마 진이 윌에게 로라와 춤을 추라고 부탁할 수도 있었다. 왜냐하면 엠마 진이 윌의 문제를 성공적으로 해결했을 때, 윌은 자기가 엠마 진에게 큰 빚을 졌다고 말했기 때문이다. 물론 엠마 진이 윌에게 무슨 대가를 바란 건 아니지만, 윌은 자기가 한 말을 지킬 것이다. 만약 엠마 진이 윌에게 로라와 한 번만 춤을 추라고 부탁하면, 윌은 들어줄 것이다. 그리고 로라는 엠마 진이 몰래 무슨 일을 했는지 알지 못할 것이다.

하지만 엠마 진은 이런 생각을 살며시 지웠다. 엠마 진은 이제 더 이상 다른 사람들의 문제를 푸느라 고민하고 싶지 않았다. 적어도 지금은 그러고 싶지 않았다. 그리고 윌의 호의는…… 로라가 아니라 자기가 받을 수도 있다고 생각했다. 왜냐하면 그리 머지않은 어느 날, 엠마 진이 윌과 춤을 추고 싶어 할지도 모르니까.

논리, 양심, 그리고 사랑

《엠마 진 나무에서 떨어지다》는 더불어 사는 법을 배워 가는 열네 살 청소년들의 성장 소설이다. 작품에는 눈물이 쏟아지는 성장통을 앓으며 세상과 삶의 새로운 가능성을 발견해 가는 대조적인 성향의 여학생 두 사람이 등장한다.

먼저 엠마 진 래저러스. 뛰어난 수학자였던 아빠처럼 논리적인 사고력과 학업 능력이 비범한 엠마 진에게는 독특한 면이 있다. 엠마 진은 또래 아이들과 어울리는 게 서툴다. 엠마 진에게 또래 아이들은 어수선하고 합리적이지 않으며 복잡한 외계인 같다. 엠마 진은 유치원에 다닐 때부터 지금까지 또래 아이들과 교류하기보다는 약간 떨어진 곳에서 그들을 관찰했고, 오랜 관찰을 통해 그들의 복잡한 감정과 민감한 성향을 어느 정도는 파악하게 되었지만 요즘도 종종 이해의 한계에 몰리는 상황을 경험한다.

엠마 진은 깨끗하게 정돈된 방이나 조용한 자연 속에서 보내는 평온한 시간을 즐긴다. 그렇다고 해서 성품이 차갑지는 않다. 합리와 질서를 지향하는 엠마 진은 논리의 눈으로 세상을 바라보는 과학자와 통찰력 있는 시인의 면모를 두루 지닌 것 같다.

그리고 콜린 파머란츠. 콜린은 명랑하고 양심적이지만 타인의 시선을 지나치게 의식한다. 착하고 심성이 여린 콜린은 로라 길로이처럼 이기적인 아이에게 휘둘리고, 매사를 시시콜콜 염려하는 습관 때문에 초조하고 불안해 가끔 배가 아프기까지 하다. 친구를 사귀는 건 어렵지 않지만, 양심을 지키고 친절하게 살려는 콜린의 성품은 무자비한 현실에 반응하며 끊임없이 갈등하게 된다.

알쏭달쏭한 삶의 한가운데에서 길을 잃은 엠마 진이 고개를 갸웃거리며 묻는다.

"사람들은 왜 저렇게 복잡할까?"

그러면 여리고 착한 콜린은 이렇게 묻는다.

"왜 어떤 사람들은 좀 더 착하게 행동하지 않을까?"

답을 찾아가는 과정에서 콜린은 좀비가 되고 엠마 진은 나무에서 떨어지지만, 험난한 과정을 겪은 만큼 결과도 눈부시다. 엠마 진은 미로 같은 사람의 마음과 삶의 역동성을 즐기게 되며, 콜린은 양심과 자존심을 또렷이 표현하는 용기를 키운다(부디 로라도 다른 사람을 존중하고 배려하는 법을 배우기 바란다!).

그리고 엘리자베스의 조언에는 다음과 같은 지혜의 메시지가 담겨 있다.

"살다 보면 모든 일이 늘 우리의 바람대로 되지는 않아. 우리가 아무리 노력해도, 우리는 가끔 상처를 받고, 종종 울기도 해. 네 경험에 의하면…… 나무에서 떨어지기도 하겠지? 그런데 중요한 건 우리가 다시 일어설 수 있다는 사실이야. 다음에는 같은 나무에 또 오르지 않을 테고, 만약 오르더라도 나무를 더 세게 붙잡겠지."(p.169)

멍든 자존심, 깨진 약속, 배신당한 의리……. 열네 살 청소년들이 서로 주고받는 무수한 감정의 상처는 그들이 소통하고 이해하기 위해 반드시 거쳐야만 하는 통과 의례의 흔적일 것이다.

그렇다면, 무질서한 또래 아이들의 세계로 엠마 진을 떠민 '비합리적이고 감정적이며 전율시키는 힘'의 정체가 무엇일까? 혹시 그것이 외로운 섬과 같은 사람과 사람을 이어 주는 마음의 길, 관계의 끈은 아닐까. 우리가 흔히 사랑이라 부르는, 우주를 휘감아 떠돌며 인간을 지배하고 아우르는 에너지는 아닐까.

자폐 영재의 성향을 지녔던 유진을 사람 속으로 이끈 것은 딸을 향한 본능적인 사랑이었다. 엠마 진이 죽은 아빠의 사진을 보며 대화를 나누는 이유는 애틋한 그리움을 떨치지 못해서이다. 엘리자베스의 지혜가 빛나는 자리도 남편과 딸을 향한 깊은 애정에 뿌리를 두며, 남편을 보내고 슬픔이 드리워진 엘리자베스의 얼굴에 아침 햇살 같은 웃음을 되찾아 준 것도 비크램의 사랑이었다.

논리의 진공 유리관에 갇힌 엠마 진에게, 설명할 수 없는 기분 좋은 감정을 느끼게 한 것은 다름 아닌 윌의 부드러운 손길이었다. 콜린이 갈망하는 것도 "아, 콜린! 염려하지 마! 엄마가 여기 있잖아. 엄마는 누가 뭐라 해도 너를 이해하고 사랑해!"라는 엄마의 정다운 말과 입맞춤이었다.

이제 엠마 진은 새로운 곳을 향해 여행을 떠난다. 건조한 추상의 세계와 기억의 땅속에 묻힌 과거를 지나, 만질 수 있고 볼 수 있고 느낄 수 있는 생동하는 차원으로 말이다. 낡아서 너덜거리는 아빠의 퀼트 이불이 보석처럼 아름다운 새 이불로 다시 태어난 것처럼, 엠마 진은 아직은 낯설지만 밝고 활기찬 기운이 자기의 혈관을 타고 흐름을 느낀다.

세상은 합리적이지 않고 무질서하지만, 또한 그렇기 때문에 흥미진진하고 재미있는지도 모른다. 진실은 이렇다. 엄마에게도 아빠가 아닌 또 다른 사랑이 찾아올 수 있고, 엠마 진도 머지않아 윌과 춤을 추고 싶어 할지 모른다!

엠마 진과 친구들의 다음 이야기가 기다려진다. 개성이 넘

치는 엠마 진이 다음에는 어떤 친구들과 함께 매력적인 이야
기를 엮어 갈지 궁금하다. 기발한 웃음과 싱그러운 열정으로
화사하게 피어날 엠마 진의 러브 스토리가 기대된다.

엘가의 '수수께끼 변주곡'
(Elgar - Enigma Variation op.36)

중학생이 되면 어린이에서 벗어나 어른이 되는 길로 성큼 다가선 것 같은 기분이 듭니다. 어린이라고 하기에는 신체가 성숙하고 어른이라고 하기에는 정신적으로 미숙한 부분이 많은 단계이지요. 누구나 한 번쯤은 겪어야 할 질풍노도의 시기랍니다. 그러면서 자아를 찾아간다고 할 수 있겠지요. 또한 나를 위해 돌아가던 세상에 관심조차 두지 않던 어린 시절과는 사뭇 다르게, 세상은 나만을 위해 돌아가지 않는다는 것을 알게 되면서 주변에 관심을 가지게 되지요. 달라진 세상에 던져진 나를 찾아 헤매는 시기이기도 합니다.

윌리엄 글래드스턴 중학교 7학년 아이들의 이야기, 《엠마 진 나무에서 떨어지다》는 각기 다른 개성을 가진 사춘기 아이들의 심리를 예리하게 분석하고 표현한 이야기입니다. 특이하고 천재성이 보이는 주인공 엠마 진과 그 주변 친구들을 통하여 나와 나의 친구들을 다시 한 번 생각하게 되지요. 나는 누구와 비슷할까 생각해 봅니다. 욕심 많은 로라와 공통점이 전혀 없다고 말할 수는 없겠는걸요? 소심한 콜린과는 비슷한 점이 많은 것 같고, 해결사 역할을 하는 엠마 진과도 닮은 점이 있는 것 같습니다.

우리는 친구와의 갈등으로 학창 시절의 상당 부분을 보냅니다. 모두 지나고 나면 추억이 되고, 갈등을 겪는 동안 우정도 돈독해지곤 하지요. 하지만 갈등의 순간은 길고, 헤어 나올 수 없을 것 같으며, 다른 아무것도 보이지 않는 꽉 막힌 순간이라고 할 수 있겠습니다. 이럴 때 엠마 진처럼 여유롭게 다른 사람을 잘 관찰해 보면 갈등의 출구로 빠져나갈 수 있는 방법을 알게 될 거예요.

이번에 소개할 음악은 작곡가 엘가가 친구들 하나하나의 이름을 붙여 만든 변주곡 모음이랍니다. 곡의 큰 제목은 '수수께끼'이고요, 엘가가 친구들 이름의 머리글자를 제목으로 붙였답니다.

변주곡이란 한 주제를 가지고 다양한 방법으로 변형시켜 만드는 곡을 말합니다. 주제를 화려하게 변형시키기도 하고 단순하게 만들기도 하지요. 다양한 리듬으로 분위기를 바꾸기도 하고 화려한 가락에 주제를 숨기기도 한답니다.

엘가의 '수수께끼 변주곡'의 주제는 단조로 시작하는, 다소

침체 된 선율로 시작하지만 변주를 통해 서정적이고 활기차고 다정하고 아름다운 표현이 풍부한 곡입니다.

첫 번째 변주는 엘가의 아내인 캐럴린 앨리스 엘가(Caroline Alice Elgar)의 머리글자를 따 'C.A.E.' 라고 이름 붙였습니다. 두 번째 변주는 피아니스트 친구 이름의 약자로 'H.D.S.P.' 이고, 세 번째 변주는 'R.B.T.' 로서 아마추어 배우 친구의 약자라고 합니다. 네 번째 변주는 영국의 지방 지주 이름의 이니셜인 'W.M.B' 이며, 다섯 번째는 시인의 아들이자 피아니스트였던 변덕스러운 친구 이름의 약자인 'R.P.A.' 랍니다. 이런 식으로 열네 번째 변주까지 나아갑니다.

보통 변주곡은 주제가 곡마다 확실하게 드러나기도 하고 베일에 가린 것처럼 알 듯 말 듯 들리기도 하는데, 엘가의 '수수께끼' 변주곡은 연관성이 없는 곡처럼 보이는 변주도 포함하고 있습니다. 테마와 총 열네 개의 변주곡은 그런 다양성을 가지고 조화를 이루고 있지요.

작곡가 엘가는 '사랑의 인사' 나 '위풍당당' 행진곡으로 너무나 유명한 영국의 음악가입니다. 현대의 낭만 음악가로서 서정적이고 시각적인 음악을 많이 만들었으며, 직접 지휘한 '수수께끼 변주곡' 등은 음반으로 지금까지 남아 있습니다.

'수수께끼 변주곡' 중 제9번은 잘 알려진 곡으로 영화 음악 등에도 많이 쓰였어요. 웅장하면서 서정적이고, 넓은 초원이나 새벽 공기를 느끼게 하는 신비한 곡입니다. 제9번은 '님로

드'라는 제목을 붙였는데《구약 성서》에 나오는 거대한 사냥꾼이며 엘가의 친구인 '예거'를 암시합니다. '예거'란 독일어로 사냥꾼을 뜻하지요. 그는 성품이 좋은 출판업자이며 조언자의 역할을 했다고 합니다. 엠마 진처럼 말이지요.

음악가 엘가도 친구 하나하나를 떠올리며 변주곡을 썼습니다. 이제 우리도 친구들을 사랑의 마음으로 자세히 들여다봅시다. 친구의 웃음, 행동, 감정 등을 내가 이해할 수 있는지 사랑의 마음으로 관심 있게 지켜보세요. 그러다 보면 도와줄 일이 생기고, 조언해 줄 말이 떠오르며, 친구를 이해하게 되고, 갈등이 풀어지지요. 그리고 그 속에서 나 자신이 보이고 자아를 찾게 된답니다.

＊도와주신 분 : 홍주진 선생님. 연세대 음대와 동 대학원을 졸업하고 유타 대학에서 언어학을 전공했습니다. 한국예술종합학교 반주자와 국립 안동대 강사를 역임했고, 영문학과 영어 교육에 힘쓰고 있습니다. 번역서로 《바틀렛의 빙산 운반 작전》《엠브이피》 등이 있습니다.